Jakob Anderhandt * Weiter

# Jakob Anderhandt

# Weiter

*Kurzgeschichten und Erzählungen*

Trotz mancher Anspielungen auf das Leben des Autors sind alle Figuren in den nachfolgenden Geschichten frei erfunden. Eine Ähnlichkeit mit noch lebenden oder bereits verstorbenen Personen wäre rein zufällig.

*Bibliographische Information Der Deutschen Bibliothek*

Die Deutsche Bibliothek verzeichnet diese Publikation in der Deutschen Nationalbibliographie; detaillierte bibliographische Daten sind im Internet über <http://dnb.dnb.de> abrufbar.

Anderhandt, Jakob:
Weiter : Kurzgeschichten und Erzählungen / Jakob Anderhandt
Taschenbuchausgabe, zugleich 2., überarbeitete Auflage
© 2015 Jakob Anderhandt, Sydney (Australien)
Sämtliche Rechte vorbehalten

Satz und Umschlagdesign: vom Autor
Herstellung und Verlag: BoD – Books on Demand, Norderstedt
ISBN 978-3-7347-7415-7

# Inhalt

# Abschied vom Gartenzaunland

An einem Dienstagmorgen, ich war gerade vierzehn, ging ich auf die Sparkasse, um von meinem Konto Geld abzuheben. Die ersten beiden Schulstunden hatte ich frei, es war kurz nach neun. Die Schalterhalle war leer bis auf eine Dame in Grau. Als ich bei der Kontoführung stand und den Zettel für die Auszahlung ausfüllte, legte sich ein Arm um meinen Hals. Gleichzeitig drückte ein Stück Metall in meine Schläfe.

»Hinlegen! Alle!«

In Zeitlupe zog die Kontoführung an mir vorüber. An der Kasse stand Herr Weignarz hinter dem Panzerglas, so bleich und doch so kalt.

»Du, Hände weg vom Tresen!« Der Druck gegen meine Schläfe wurde schwächer. Ein Stück Stoff flog vor mir in die Lade.

»Und nicht die unteren Scheine!« – »Du, liegenbleiben!« Da gab es das Jahreslos vom Großen Preis, die Aktion Sorgenkind. Da gab es die Welthungerhilfe.

»Hier«, sagte Herr Weignarz und hob die Tasche. »Das ist alles. Bis auf die unteren Scheine.«

»Rüberschieben!«

Der Griff um meinen Hals verschwand. Ich fiel, ich sah Springerstiefel. Doch jemand anderes sah mehr und genauer – und das war in einem stärkeren Sinn noch einmal ich. Schon am Abend hatten sie ihn gefaßt.

In Null Komma Nichts berühmt zu werden bedeutet, daß sich plötzlich auch diejenigen für einen interessieren, denen man vorher gleichgültig war. Nicht alle Welt interessiert sich, wohl aber einige mehr. Und wer das ist, wer es nicht ist, wer bloß am Rand steht, um mit der Idee zu spielen, das ist das Interessante daran.

Es ist wie eine zweite Geburt, ähnlich, als käme man noch einmal zur Welt mit dem perfekten Äußeren. Was liest man mit vierzehn? »Für gutaussehende Menschen ist es in der Regel schwieriger, die Sympathien anderer richtig einzuschätzen. Denn sie müssen ständig entscheiden, ob sich ein Kompliment auf ihr Äußeres bezieht, oder ob sie damit als Person gemeint sind.« Warum ich mir dieses Zitat zu eigen machte, verstand niemand. Aber so war es. Der Überfall war etwas Äußeres. Das war nicht mir passiert. Ich hatte zugesehen. Also würde es mich niemals treffen, es sei denn, ich ließ es willentlich zu. Und weil ich das nicht tat, mußte nun auch ich entscheiden, wann in einem Gespräch ich als Person gemeint war und wann bloß das Äußere, der Überfall.

»Aber es *ist dir* passiert!« Der soziale Thomas, die Mitmenschlichkeit pur in unserer Klasse. Zwei Wochen lang sah er es darauf ab, mir zu helfen.

»Muß ich nicht! Es war jemand anders! Du kennst die Erfahrung nicht!«

»Ach nee! Und wer ist dann bitte dieser andere? Kann ich den mal kennenlernen?« Firma Hohn & Spott baute sich vor mir auf. An ihr vorbei spuckte ich auf den Fußboden. Dann stieß ich einen Urwaldschrei aus. Das funktionierte immer, und immer mit demselben Resultat.

»Mensch! Nun werd' doch nicht gleich aggressiv! Klar, daß dich das total getroffen hat! Aber ich will dir doch helfen!«

»Und ich hab dich nicht um Hilfe gefragt! Wenn ich Hilfe brauche, frage ich. Okay?«

»Dann nimm wenigstens Rücksicht auf deine Gefühle! Die kochen sonst nämlich über! Irgendwann mal, wenn du am wenigsten damit rechnest! Völlig unkontrolliert!«

Meine Augen stachen in seine. In Thomas' Gesicht blieb keine Regung mehr. Ich holte zum Gegenschlag aus.

»Lieber Thomas, merk dir eines: Meine Gefühle haben weder früher dir gehört, noch tun sie es jetzt. Sie sind mein höchstes Privateigentum. Und um was es im Augenblick geht, das sind allein deine Gefühle. Weder mir, noch dir ist die Sache passiert. Doch im Gegensatz zu mir scheinst du nicht damit klarzukommen. Soll ich dir sagen, warum? Weil du auch sonst jeden noch so merkwürdigen Dreck auf dich beziehen mußt!«

Die Mundklappe fiel.

Die Szene war zu Ende.

Aber, natürlich, so geht das nicht. Ein Star, der sich nicht den Regeln seines Berühmtseins fügt, den läßt man bald wieder fallen. Als es mit meiner Popularität fast schon wieder vorbei war, sprach mich nach dem Konfirmationsunterricht sogar unser Pfarrer an.

»Jakob, ich wollte mir dir noch einmal reden wegen ...«

»... wegen des Überfalls in der Sparkasse? Weil auch Sie meinen, daß ich damit alleine unmöglich klarkommen kann?« Ich senkte die Stimme. »Also auch du, mein Sohn Brutus.« Bohnges überhörte die Bemerkung.

»Ich verstehe, daß du mir nicht glauben magst. Aber ich möchte dich nicht ausfragen. Ich möchte dir auch nicht helfen, es sei denn, du wünschst es ausdrücklich. Ich möchte nur wissen, was da genau passiert ist.«

»Da müssen Sie den anderen fragen«, sagte ich spitz. »Suchen Sie nach dem anderen, fragen Sie den!«

»Aber kannst du mir nicht wenigstens ein bißchen helfen, ihn zu finden?«

War das Ernst oder eine neue Falle? Ich befand mich am Ende des Raumes. Langsam zog ich einen der Stühle heran. Vorn tat Bohnges dasselbe. Wir setzten uns. Über die Bankreihen hinweg sahen wir uns an.

»Gut«, meinte ich. »Meinetwegen fragen Sie. Legen Sie los.«

»Als es passierte – wo warst du?«

»Daneben.«

»Daneben also ...« Bohnges nickte. »Woran hast du es gemerkt?«

»Ich habe es gesehen. Ich habe *ihn* gesehen.«

»Ihn? Meinst du mit ›ihn‹ den, dem es passiert ist?«

»Ja. Und Kubig, der den Überfall gemacht hat. Den habe ich auch gesehen.«

»Beide zusammen hast du also gesehen?«

»Ja.«

»War es weit weg, wo du standest?«

»Mindestens drei Meter.«

»Und wie sah er aus, der andere?«

»Wie ich.«

»Wie du?«

»Genau wie ich.«

»Aber du, du warst es trotzdem nicht?«

»Nein. Wie hätte ich dann alles sehen können? Die Pistole an seiner Schläfe, was Kubig anhatte ...«

Bohnges schwieg. Er legte die Hände übereinander.

»Dessen Kleidung, hast du die später der Polizei beschrieben?«

»Ja, das mußten wir doch. Weignarz, der Kassierer, hat dasselbe ausgesagt. Nur an ›The Falcons‹ auf der Rückseite von Kubigs Jacke konnte der sich nicht erinnern. Das hab' nur ich gesehen. Die Aufzeichnungen der Überwachungsanlage waren unscharf. Doch die Jacke hat man später gefunden. Es stand drauf, ›The Falcons‹.«

»Und darum, meinst du, sei es jemand anders gewesen.«

»Ich meine es nicht«, sagte ich böse, »ich weiß es. Mit eigenen Augen habe ich es gesehen. Ihr Pech, wenn Sie mir nicht glauben.«

»Aber der andere, wer um Himmels willen könnte es gewesen sein, wenn nicht du? Wer in aller Welt könnte es gewesen sein?«

Das war nicht ausgemacht. Wie der soziale Thomas schob er jetzt seine Probleme mir zu. Ich wollte aufstehen. Im letzten Moment überlegte ich es mir anders.

»Natürlich weiß ich, wer es war«, meinte ich gelassen. »Wissen Sie es denn nicht?«

»Nein?«

»Es war Gott.«

»Gott?«

»Ja. Was da passiert ist, das kann ich doch unmöglich tragen. Für Gott ist es ein Leichtes, ein Klacks. Darum hat er es mir abgenommen.«

Noch einmal fiel die Klappe. Von neuem stand ich alleine da. Das Unerklärliche trug nun niemand mehr, außer mir.

Und dort, wohin ich nach meinem Sinkflug zurückkehrte, war nichts mehr, wie es war. Den dichtesten Maschendraht flechten, das kräftigste Gitter ziehen mit ihrer Sorge die eigenen Eltern. »Wir wollen dich nicht verlieren. Fast hätten wir es.« Spätestens, wenn man merkt, daß gegen diese Einstellung auch die beste Erklärung nichts nützt (wenn man denn eine hätte), wird man ein anderer. Von der Welt der Vermehrung zog ich um in die der Beobachtung. Jene Menschen, die ich dort traf, waren allesamt Grenzgänger, und manche waren es weit mehr als ich. Zugleich waren sie abwegige Helden, die Bewohner jener Geschichten, welche es hier zu erzählen gilt ...

## Peter und Petra

Wann immer ich sie traf, traf ich sie zusammen. Meistens war es am Mittwochabend. Sie waren Arm in Arm durch das Viertel unterwegs. Ich kam von meinem Nachmittagskurs in Holzwerken zurück und schulterte den Rumpf der *Hamburg*, des größten Modellschiffes, das dort je gebaut werden sollte. Immer wechselten wir ein paar Worte, und oft schien es mir dabei, als spräche ich statt mit beiden mit einer einzigen Person.

Peter hatte ich zuerst kennengelernt. Seit der Unterstufe waren wir in dieselbe Klasse gegangen. In der Siebten hatte er mich zu seinem Geburtstag eingeladen. Wir gingen kegeln. Peters Eltern saßen an einem der hinteren Tische und schwiegen. Seine Mutter war klein, sie saß gebeugt. Der Vater war das Gegenteil: schlank und dennoch kräftig, fast zwei Meter groß, berührte er mit seinem Rücken während der gesamten Zeit nicht einmal die Lehne seines Stuhls.

Wir räumten ab: »Drei!«, »Sieben!«, »Zwei!«, »Fünf!«

»Spiel du auch mal«, sagte Peters Mutter zu ihrem Mann.

Er ging nach vorne: »Neun!«, »Acht!«, »Neun!«, »Neun!« Ab diesem Moment war er für mich der schwarzhaarige Terence Hill.

Ein halbes Jahr später kam Peter in der Großen Pause zu mir.

»Meine Eltern lassen sich scheiden«, sagte er langsam. »Mein Vater ist gestern ausgezogen.«

»Warum?« fragte ich.

»Sie haben zu viel gestritten.«

Den Grund dafür erfuhr niemand. Gerüchte gab es keine.

Das war bei Petra anders. Sie war in der Zehnten gekommen und hatte schnell begonnen, Bemerkungen auszustreuen. Sie wollte nicht, daß wir ihr Verhalten sonderbar fänden, alles hätte seine Erklärung zu Hause. Ihr Vater sei ein Tyrann. Doch Petra war keineswegs sonderbar, eher schüchtern. Ein paar Monate später war sie mit Peter zusammen. Davor war ich ihr auf der Straße ein einziges Mal alleine begegnet, auch dies an einem Mittwoch. Bei der *Hamburg* hatte ich an diesem Nachmittag die Spanten auf den Kiel geleimt, und es muß deshalb für sie ausgesehen haben, als trüge dieser Jemand auf dem anderen Bürgersteig einen enormen Fisch nach Hause, der von einer heißhungrigen Katze gerade abgenagt worden war. Petra blickte nur kurz herüber.

»Was die Mutter angeht«, verriet mir ihre Freundin Sylvia, »ist kein Wort aus ihr herauszubekommen. Der Vater erzieht sie allein und arbeitet was mit Elektronik. Früher war er rothaarig wie sie, er hat auch dieselbe helle Haut. Er ist oft krank und liegt im Bett. Aber wenn er gesund ist, duldet er keinen Widerspruch. Petra und der in einem Raum – da wird nichts gesagt, und die Luft kann man schneiden.«

Dr. Mallowine, unser Englischlehrer, der mit uns Shakespeare probte, mochte die Truppe, bei der ich selbst halb Statist und halb für die Beleuchtung zuständig war. Es bedeutete ihm viel, daß wir bei guter Stimmung blieben. Eines Abends lud er uns zu sich nach Hause ein. Bald nach unserer Ankunft saßen Peter und Petra im selben Sessel. Sylvia kauerte in der gegenüberliegenden

Ecke. Selbst Mallowine fiel es nun schwer, seine Sympathie für die beiden zu verbergen.

»Mein Großvater war Schauspieler in London«, erzählte er und schenkte ihnen je ein Glas Schorle ein. »Er hat mit sechzehn die Liebe seines Lebens kennengelernt. Werdet ihr heiraten?«

»Wir? Heiraten?« kam es von beiden. »Auf keinen Fall!« Petra lachte hell, und Peter kratzte sich am Kopf. »Da liegen Sie aber ganz schön daneben«, meinte Petra. »Was wir haben, das ist ein Bündnis auf Zeit!«

In den Wochen danach lernte ich Petras Vater kennen. Peter war nach Köln gefahren, er wollte Schallplatten kaufen, und Petra hatte mich zum Tee eingeladen. Ihr Zimmer befand sich im ersten Stock des Hauses. Sie hatte mich hereingelassen; wir waren nach oben gegangen; nun standen wir auf dem Treppenabsatz.

»Ich glaube, er ist da«, sagte sie und deutete nach links auf eine Türe. »Wenn du möchtest, kannst du ihm Guten Tag sagen. Klopf' aber an.«

Ich näherte mich der Tür. Vorsichtig klopfte ich und wartete auf Antwort. Dann drückte ich die Klinke. So intensiv war die Stimmung in dem Raum, daß sie mich augenblicklich erfaßte.

»Guten Tag«, hörte ich mich sagen. »Ich bin der Jakob. Ich bin ein Klassenkamerad von Petra. Sie hat mich zum Tee eingeladen.«

Petras Vater saß hinter einem Schreibtisch von enormer Größe. Sonst war in dem Raum kein einziges Möbel. An der linken Wand hing ein Bild, ein Original von Miró (wie mir Petra später erzählte), an der rechten an einem Metallträger ein Rennrad. Auf dem Boden vor dem Rad brannte eine Reihe Kerzen. Es waren

Friedhofslichter, wie man sie bei uns in der Gärtnerei kaufen konnte.

Auch der riesige Schreibtisch war leer. Petras Vater saß bloß, er bewegte sich nicht, er war mager und blaß. Als ich den nächsten Schritt machen wollte, streckte er abwehrend die Hand aus.

»Ich hab einen blöden Virus. Geh besser zurück zu Petra.«

»Ist er so auch zu dir?« fragte ich. Inzwischen waren wir bei ihr im Zimmer. Aus Petras Gesicht schwand etwas. Es war klar, daß sie nicht darüber sprechen wollte. Statt dessen holte sie ihre Plattensammlung hervor, dann Bilder von sich aus verschiedenen Jahren, so daß ich sehen konnte, wie sie sich verändert hatte.

»Ich glaube, besonders im letzten Jahr habe ich mich gemacht«, meinte sie. Ich bejahte, und wir tranken den Tee aus.

Die Jungfernfahrt der *Hamburg* wurde ein Erfolg, ganz wie die Premiere von MacBeth. Doch beides wies für mich in eine andere Richtung. Was den Nachmittagskurs im Werken betraf, war ich am Ende meiner Möglichkeiten angelangt. Beim Schultheater hingegen stand ich ganz am Anfang. Doch eine nächste Aufführung würde es nicht geben, denn das Abitur war schon zu nahe gerückt. Also nahm ich mir vor, statt dessen öfter Petra zu besuchen.

Der Radsport war für ihren Vater das Leben gewesen. Bis zur deutschen Meisterschaft hatte er es gebracht, dann war plötzlich Schluß. Warum – das war das Geheimnis dieser Familie, so wie der Grund für die Streitereien es dasjenige von Peters war.

»Ich glaube, er wird sich über meinen Schulabschluß nicht besonders freuen«, sagte Petra eines Nachmittags und zeigte auf die linke Türe. »Ich habe zusammengerechnet. Wenn alles nach Plan läuft, werde ich wegen meiner Punktzahl ein juristisches Anrecht auf St. Gallen haben.«

»Juristisch ein ... was?«

Auf Petras Gesicht blitzte der Spott. »Glaubst du etwa, der gibt mir freiwillig nur einen Pfennig?«

»Gut, vielleicht wird er müssen. Unter der Voraussetzung, daß du die Aufnahmeprüfung schaffst und er das Geld hat.«

»Das hat er. Ich bin mir nur nicht sicher, ob ich es will.«

»Um nach St. Gallen zu gehen?«

»Ja. Will ich wirklich so hoch anfangen, und dann immer höher?«

Vor uns standen die Kanne Tee und die zwei Tassen. Petra goß nach. Ich stand auf, um zur Pinwand zu gehen. Alle Bilder, die sie mir beim ersten Besuch gezeigt hatte, waren dort aufgesteckt. Fünf neue waren inzwischen dazugekommen, auf dreien davon war sie zusammen mit Peter zu sehen. Ich ging die ganze Serie noch einmal durch.

»Und?« fragte Petra.

»Zögerst du wegen eures Bündnisses auf Zeit?«

»Was meinst du, ist es eines?«

»Ich denke ja. Der Ausdruck stammt schließlich von dir.«

»Ich könnte meine Meinung geändert haben.«

»Warum solltest du?«

»Nun, zum Beispiel wird Peter St. Gallen nicht schaffen.«

»Das heißt?«
»Jetzt überlege ich.«

Zum letzten Mal zusammen sah ich sie an einem Sonntag. Petra hatte bei mir angerufen.»Hast du Lust, zum Frühstück zu kommen?« Ihre Stimme klang sonderbar.
»Alles in Ordnung?«
»Ein Platz am Tisch ist frei. Mein Vater ist verreist.«
Als ich ankam, saß sie allein in der Küche. Nach einer Viertelstunde erschien Peter. Er kam von oben, wirkte ausgeschlafen, und seine Haut hatte einen bräunlichen Glanz. An diesem Morgen war er der schwarzhaarige Terence Hill. Zwei Klausuren hatte er vergeigt, die Nachprüfungen am Hals, und trotzdem wirkte er unschlagbar. Petra dagegen schien angespannt, gedrückt, als schwebe über ihr eine Drohung. Als Peter für einen Moment nach draußen ging, faßte sie meine Hand. »Spiel jetzt den Unterhalter! Bitte, nach den Prüfungen erkläre ich es dir!«
Also tat ich mein Bestes, während die beiden es schafften, sich zwei Stunden lang anzuschweigen.

Zur Mitte des Sommers regnete es wie seit Jahren nicht. Vor Dunst und Nebel konnte man vom ganzen Juli keinen einzigen Buchstaben erkennen. Die Schulzeit war zuende; Petra hatte das beste Abitur der Stufe gemacht, ich das zweitbeste. Unter einem großen Regenschirm ging ich durch die Straßen. Schließlich stand ich vor Petras Haus. Ich klingelte. Mein Besuch war spontan, aber sie war da.
»Du möchtest mir beim Packen helfen?« öffnete sie lachend die Türe. Ich schüttelte den Kopf.
»Ich habe gehört, hier soll ein Paket für mich liegen. Es hat einen Aufkleber: ›Bitte nicht stürzen!‹, und oben

auf der Kiste steht: ›Erklärung‹. Wenn ich richtig informiert bin, soll sich der letzte Teil eines Dramas darin befinden. Man weiß aber nicht, ob es Komödie ist oder Tragödie.«

»Das Paket liegt oben. Du kommst spät, fast hätte ich es in die Schweiz geschickt zu meiner Tante. Dann hättest du es da abholen müssen.«

In Petras Zimmer waren nur noch die Matratze, ein Koffer, ein Berg Kleider und ein Bügelbrett mit einem warmen Eisen.

»Der Rest ist schon in der Schweiz?« fragte ich.

»Nein. Er ist auf dem Sperrmüll.« Petra griff nach einer Bluse. »Erklärung Nummer eins: Peter hat Kleinholz daraus gemacht, an jenem Abend, bevor du zum Frühstück gekommen bist.«

»Er hat es getan, weil ... du ... mit ihm Schluß machen wolltest?«

»Weil ich ihm nicht mehr geben wollte als sein eigenes Wort. Der Ausdruck ›Bündnis auf Zeit‹ stammt nämlich nicht von mir.«

Ich dachte nach. »Also stammt er von ihm, wegen seiner Eltern. Er wollte nicht, daß ihm selber so eine Trennung passiert. – Aber du, warum hast du eingewilligt?«

Petra stellte das Eisen ab.

»Vielleicht, weil auch bei dir ein Paket liegt? Eines für mich?«

»Für dich? ... Nicht, daß ich wüßte.«

»Nicht? Kann ich dich dann etwas fragen?«

»Frag' einfach.«

»In der Zeit, als es von der *Hamburg* erst den Kiel und die Spanten gab, warst du da blind für anderes, oder wolltest du bewußt andere Dinge nicht sehen?«

Ich schwieg. Draußen rauschte der Regen.

»Also warst du blind«, schloß Petra. »Dann lautet Erklärung Nummer zwei: Weil ich Respekt vor dir hatte. Vor dir und vor deinen Plänen. Ich habe es immer noch. Doch damals brauchte ich jemand, um durchzukommen. Als Peter mir das Bündnis vorschlug, da wußte ich, daß er meine Chance war.«

»Ja ..., aber wenn das so ist ... wie soll man denn da je zusammenkommen? Leute wie wir, die werden doch auch später nie sagen können, daß sie es ganz und gar geschafft und keine Pläne mehr haben!«

Petra faltete die Bluse zusammen und legte sie in den Koffer. Als sie fertig war, sah sie mich lange an. »Peter ist jetzt in Gießen«, meinte sie. »Bei der Renovierung seiner Wohnung ist er von der Leiter gefallen. Er liegt im Krankenhaus. Ich habe ihn dort besucht. Er sagt, daß er mich sehr liebt. Die Aufnahmeprüfungen für St. Gallen sind im September. Der Rest ... hängt von dir ab ...«

# Eine Sonnenblume

Sven war auf das Aloisiuskolleg gegangen, er wohnte noch bei seinen Eltern, studierte in Bonn Mathematik, und seine Bemerkung zu Dürrenmatts Physikern traf die Moral des Stückes, so wie ich sie verstand, auf den Punkt: »Ich glaube, die sind gar nicht in einer Irrenanstalt. Eine Direktorin, die sich um alles Praktische kümmert, so viel Narrenfreiheit wie möglich, und seine Forschungsergebnisse, wenn es welche gibt, läßt man sich ganz wie diese drei Herrn nur widerwillig aus den Händen reißen. Das ist nicht verrückt, das ist Wissenschaft. So lange der Etat stimmt.«

Mit einem Bühnenbild von Mareen April. Nüchtern, fast klinisch. Das war sinnloser Aufwand, man hätte die wenigen Requisiten auch noch weglassen und die Schauspieler einfach im luftleeren Raum auftreten lassen können. – »Ich habe kaum etwas gemacht, weil mir nichts eingefallen ist«, sagte Mareen nach der Premiere. »Aber dieses Wenige habe ich teuer verkauft. Zu teuer. Das war unehrlich, passiert mir nicht nochmal.«

Dann lieber weiter beim Expo-Service jobben, Objekte anderer Künstler entpacken für fünfzehn Mark die Stunde, und mit den Kuratoren diskutieren über wie und wohin im Ausstellungsraum. ›Sich in der Kunstszene umschauen‹, wie Mareen es nannte.

Über einen Zettel an einem Laternenpfahl hatten wir uns kennengelernt: ›Malerin sucht größeres Atelier‹. Ich hatte Langeweile gehabt; aus Neugierde war ich zur Kontaktadresse gegangen und hatte geklingelt.

»Verkaufst du?« fragte ich sie an der Türe.

»Nein«, sagte Mareen. »Trinkst du? Ich mach gern Caipirinha.«

Auf ihrem Arbeitstisch lag eine Sammlung Fischmännchen. Einige kämpften mit Schwertern und Speeren, andere ritten auf Kröten und Schnecken, eins zog ein Kamel hinter sich her, einen seltsamen Zwitter, der auch gut eine Seeschlange hätte sein können. Tusche auf Büttenpapier. Weitere Männchen hingen an den Wänden, das Papier war aufgespießt wie auf einem Trockengestell im skandinavischen Norden. Hartes Licht kommt vom Fjord, ein Gefühl der Sicherheit stellt sich ein. Was da ist, wird halten, mindestens bis zum Winter. Salzgeschmack liegt auf der Zunge.

Mareens Arbeitsweise war, daß sie trank. Um zwei Uhr nachmittags ging es los, am liebsten in Gesellschaft. Spätestens um sechs warf sie einen raus, um die erzeugte Stimmung zu nutzen und kreativ zu sein. Was aus den Spenden unserer Begegnungen wurde, sah ich nie.

»Ich denke, du brauchst nicht unbedingt ein Atelier, sondern eher eine Garage«, meinte ich, als wir wieder einmal beim Thema Ausstellungen waren. »Du produzierst ja kräftig, aber du willst nicht verkaufen. Wohin also mit dem, was du momentan schaffst?«

Mareen rutschte die Zitrone weg; sie schnitt sich in den Finger. Ein Stück Fleisch war mit ab. »Pflaster? Ein Pflaster reicht mir.« Das Fleischstück kratzte sie in ihr Glas.

»Auch so eine Garage wird irgendwann einmal voll sein«, meinte sie abschließend. »Was mache ich dann? Miete ich noch eine? Oder fange ich an zu vernichten? Das könnte ich doch auch jetzt schon.«

»Dann baust du Kisten, kleine Sicherheitsbehälter, die du an jene verteilst, denen du deine Inspirationen verdankst. Auf die Kisten schreibst du: ›Vorsicht Doppelgänger einer eigenen Idee! Unbedingt erst öffnen, wenn das Original schon tot ist!‹«

»Das stimmt. Andere und ihre Ideen kopieren, davon halte ich nichts. Meine Kunst soll restlos aus mir selber kommen. Aber bis ich das schaffe, bin ich halt bekennende Vampirin und lebe im Schatten der Öffentlichkeit …«

Auf der Premierenfeier zu den Physikern waren Sven und Mareen sich zum erstenmal begegnet. Jetzt lehnte er bei ihr in der Zimmerecke wie ein lädierter Schmetterlingsdrache und starrte auf einen Siegelstempel: Mareens Name in chinesischen Zeichen.

An diesem Nachmittag hatte ich keine Lust gehabt, mich aussaugen zu lassen. Aus Mareens Regal hatte ich mir ein paar Tim-und-Struppi-Hefte genommen und mich auf ihr Sofa verzogen.

»Mareen, wozu brauchst du sowas, deinen Namen auf Chinesisch?« hörte ich Sven fragen.

»Brauchen? Das kann doch einfach nur schön sein, wenn man einen hat.«

»Ich meine, wofür steht das?«

»Denk dir was aus. Wenn's mir gefällt, dann nehm' ich's.«

»Also, dann ist das wichtig für dich, das Bild, was sich andere von dir machen …«

»Du kannst dir den Siegelstempel auch ausleihen. Dann drückst du ihn überallhin, wo du meinst, daß das Siegel paßt. Und wenn du genug hast, gibst du ihn mir zurück.«

Mareen nahm den Stempel, preßte ihn frisch in die Paste und drückte ihn Sven auf die Stirne.

»So zum Beispiel!«

»Und was bedeutet das jetzt?«

»Ja, Sven«, lachte Mareen, »das bedeutet jetzt was!«

»Hast du je überlegt, was du einem wie ihm mit so einer Beziehung antust, wie ihr sie gerade führt?« fragte ich, nachdem Sven gegangen war.

»Zugegeben«, meinte Mareen, »im Moment denk' ich nicht nach. Ich mach' einfach. Sven weiß viel. Aber er läßt sich nicht aussaugen von mir. Statt dessen versucht er es selbst. Beides erhöht den Reiz.«

In den folgenden Wochen liftete Mareen ihre Saugtechnik auf ein neues Niveau. Auf der Rückseite einer Postkarte fanden sich neben meiner Anschrift zwei blutrote Punkte. Auf der Vorderseite stand ein einziger Satz: ›Wird das Schweigen von Jakob Anderhandt überbewertet?‹ – Ich schrieb zurück, daß es mir nicht gutgehe. Ich wüßte nicht, was schreiben, und telefoniert hätten wir ja noch nie miteinander. Eine unbestimmte Sendepause, das wäre mir am liebsten. Zur Antwort kam: »Akzeptiert. Aber denk daran, deine Briefe sind für mich wie Nahrung.«

Das hieß im Klartext: Wegen Dir muß ich fasten. Gut, dachte ich, letzter Versuch, ihr doch noch zu schreiben, nur ganz kurz noch vor meiner Abreise in den Urlaub. Also, Suchzeit vor der Schreibmaschine, neben dem gepackten Koffer: Es war, als kramte ich in einer Schublade nach dem Dosenöffner. Ja, so ist das nämlich mit den lieben Tierchen: Lachst sie dir in einer stillen Minute ein bißchen unaufrichtig aus Langeweile an, aber dann hast du sie feste am Hals. Miau, Miau! Meine Katze frißt inzwischen auch kein Whiskas mehr, sie will nur noch Sheba. Aber – *ein Mal* (weg mit der Schreibmaschine,

24

Schublade zu!) bin jetzt auch ich dieses Proletenarschloch. Brumm – einfach ab in den Urlaub! Auf dem ersten Parkplatz: Tür auf, Tier raus! Von der Gosse, in die Gosse. Katzen sind selbständig. Die schlagen sich prima alleine durch.

Sechs Wochen später liegt bei mir ein Brief aus Wien.

*Lieber Jakob,*

*Sonne ist gut für die Seele, eine Kraft, Energie. Sitze auf einem Balkon, neben mir HERBERT, der zeichnet, viel gereist ist und sich auskennt mit how to live under free sky. Three days, dann wollen wir in die Provence, er hat mich eingeladen zu Freunden. Wat sachste? Der Mann ist Seelengießer, ihm geht der Kunstkongreß auf'n Geist wie mich auch. Kannste neu Deutsch? Schreib mal an Adresse wie immer. Ich hab von hier 'n Antrag gestellt zum Nachsenden in das sonnige Herz der Franzosen – dat ging!*

*Wien alaaf (da hab ich bestimmt was verwechselt)*
*Mareen*

Dazu Fotos. Er. Sie. Vor dem Riesenrad im Prater. Die Seelengießerei. Dabei handelte es sich um eine Performance. Wie an Sylvester erhitzte man Zinn; mit der Kelle in der Hand konzentrierte sich der Gießer dann auf eine Landschaft, einen Eindruck oder eine Person, um das Vorgestellte mit Schwung in die feste Form zu bringen. Für das Gegossene gab es Pappkästchen, kleine Schachteln, ungefähr fünfzehn Zentimeter im Kubik, die einen Lichtschacht an der einen und zwei Plastiklinsen an der anderen Seite hatten. Von der Decke des Kästchens hing an einem Nylonfaden das Gußstück, die sogenannte ›Seele‹. Der Betrachter sah durch die Linsen und konnte die Seele meditieren, sich das in ihr eingegossene Vorgestellte ins Bewußtsein rufen.

Es war tief nachts, als Sven mit so einem Kästchen bei mir auftauchte. Ein Geschenk von Mareen, sagte er. Er entschuldigte sich. Mareen habe ihm meine Adresse gegeben, für den Notfall. – Also ein Notfall, sagte ich. – Ob ich auch so ein Kästchen bekommen hätte? fragte er. Ob es bei mir funktionierte? – Nein, ich hätte noch gar nichts, also auch kein Kästchen bekommen. Auch keinen Brief? Wann sie zurückkomme? – Was das mit seinem Kästchen zu tun hätte?

Ja, da sei ein anderer Mann. Den hätte er in dem Kästchen gesehen. Ein ziemlich schräger Typ, eindeutig. Sven setzte sich. Dann beschrieb er mir Herbert, wie ich ihn vom Foto her kannte.

»Wie geht es Mareen?« fragte ich vorsichtig.

»Gut. Also meiner Meinung nach zu gut.«

»Und dir?«

»Ich brauch' Hilfe. Ich muß sie zurückholen. Dieser Mann will was von ihr.«

»Lust auf 'nen Wodka?«

Sven bejahte. Ich ging zum Kühlschrank, holte die Flasche heraus und steckte ein paar Kerzen an.

»Wieso meinst du, er will was von ihr?«

Sven sah auf den Fußboden. Dafür hätte er kein Bild, bloß ein Gefühl. Auch keinen Ausdruck. In mir kroch das Mißtrauen hoch.

»Schlaf vielleicht mal aus«, sagte ich.

»Ich bin ausgeschlafen! Ich bin hellwach!«

»Seit wann?«

»Naja, heute seit ... fast sechsunddreißig Stunden ...«

»Bißchen lang, findest du nicht? Willst du hier übernachten, und morgen reden wir dann in Ruhe?«

»Ich hab den Eindruck, du glaubst mir nicht.«

»Kein Wort.«

Sven lachte.

»Gut, war auch nur 'n Trick!«

Ich stutzte. »Wieso 'n Trick?«

»Na, ich hab natürlich ein Foto bekommen von diesem Herbert. Hundert Pro sicher warst du dir aber nicht!«

Ganz wie mir hatte ihm Mareen von der neuen Bekanntschaft geschrieben. Sven hatte die Seele bekommen, plus Anleitung, plus das Foto von ihr mit Herbert vor dem Praterkarussell. Nur die Provencereise hatte sie ihm verschwiegen. Doch Sven ahnte auch so genug, um sondieren zu müssen. Mit der Ungewißheit, ob nach ihrer Rückkehr vielleicht alles aus sein würde, kam er nicht zurecht. Und um nüchtern einfach Schluß machen, hatte ihn das Foto mit den beiden zu sehr gekränkt.

»An was glaubt sie?« fing er an zu bohren. »Du bist indifferent, du glaubst halb, und halb glaubst du nicht. Aber an was glaubt sie?«

»An Vampire vielleicht«, überlegte ich laut. »Sie saugt ganz gern Leute aus, damit sie Stoff hat, aus dem sie ihre Kunst machen kann.«

»Das hört sich an wie ein Seitenzweig der Romantik. Dann läßt sie sich andererseits gern unterdrücken. Sexuell ...«

»Kennst du dich mit Romantik aus oder sprichst du aus Erfahrung?«

Sven dachte nach, aber er antwortete nicht. »So'n Karnevalsgebiß«, meinte er schließlich, »da müßte doch dranzukommen sein. Ich geh jetzt besser mal ...«

»Willst du nicht doch bleiben über Nacht?«

»Nein, ich komm' alleine zurecht. Ich seh' inzwischen klarer. Aber wenn sie dich fragen sollte, was mit mir ist, dann sag' ihr, ich sei ein Fan von Bela Lugosi …«

Sie klang verzweifelt, als sie bei mir anrief: »Hier ist Mareen. Kannst Du kommen? Bin wieder da.« Wie lange schon in der Wohnung, konnte sie nicht sagen. Auch nicht, woher die fünf Teddys kamen, die im Kreis um sie herum auf dem Fußboden saßen. Die Wände waren neu tapeziert, ein Fischmännchen, das etwas fing, ein Foto, ein Fischmännchen, Zeile um Zeile. Sven hatte sein Karnevals-Vampirgebiß aufgetrieben. Er hatte sich die Haare glatt gegelt und das Gesicht weiß geschminkt. So verkleidet war er bei Mareen aufgetaucht. In einem Akt der Selbstverteidigung hatte Mareen ihre Kamera gezückt und von Sven einige Blitzlichtportraits geschossen. Die Bilder hatte sie vervielfältigt und an die Wände gepinnt. Bestimmt hundertmal ragten Svens Beißerchen in den Raum. Eines der Fotos hatte Mareen abgenommen und hinter eine Kerze gestellt. Links und rechts davon befanden sich, in ihrer Handschrift, zwei beinahe identische Gedichte:

*For me*
*there is a bear*
*everywhere,*
*yeah!*

*Everywhere*
*there is a bear*
*against you,*
*boo!*

Von der Toilette, wo sie erbrochen hatte, zerrte ich sie zurück in den Raum. »Wir gießen jetzt zum letzten Mal eine Seele«, sagte ich. »In die kommt alles rein, der ganze Schrecken der letzten Wochen. Aber den packen wir in eine Kiste ohne Lichtschacht und ohne Guckloch!« Danach verbrannte ich das Altarbild. Die übrigen Fotos nahm ich ab und zerschnitt sie. Als Mareen sich das nächste Mal übergab, streute ich die Schnipsel mit ins Klo. Am nächsten Morgen sagte sie danke, sie käme jetzt ohne mich klar, und warf mich raus.

Sven drückte sich. Zu Beginn des Semesters traf ich ihn in der Cafeteria. Wo Mareen sich aufhielt, wußte er nicht. »Ich habe erkannt, daß es auch außerhalb der Mathematik Grenzfälle gibt«, sagte er. »Die in der Mathematik sind aber spannender.« Drei wichtige Seminare, viel zu tun. Das war alles, was ich aus ihm herausbekommen konnte.

Im November lud Mareen mich nach Köln ein. Sie war umgezogen und lebte jetzt in der Nähe des Neutors in einer alten Gewerbewohnung. Einer ihrer Teddys saß in der Auslage und winkte. An der Wand im Hauptraum hing der Kern einer Federmatratze. Er war mit Stacheldraht umwickelt und auf ihn ein hauchdünner Body gespannt. »Steht für die letzte Zeit«, meinte Mareen. Ein paar Ölfarben, ein paar Pinsel, ein Einmachglas, eine Dose Sardinen. Vor dem Fenster stand ihre Staffelei. Auf ihr prangte eine farbfrische Kopie von van Goghs Sonnenblume.

»Hast du die gemalt?« fragte ich.

»Nein«, sagte Mareen, »ich glaub' nicht. Es ging alles zu schnell, ich hab' gar keine Vorlage benutzt. Ich glaube, der Alte malt selber wieder. Durch mich hindurch.«

»Was kostet denn so ein echter van Gogh?« fragte ich zwinkernd.

»Jakob, es ist doch wohl klar, daß ich diese Blume jetzt dringend brauch'!«

»Es ist genauso klar, daß du nicht ewig van Gogh bleiben kannst. Du möchtest du selber werden! Das ist, was du vor allem möchtest!«

»Gut, dann schenke ich dir die Blume. Aber erst, wenn ich sie absolut nicht mehr nötig habe. Und du darfst mich nie fragen, wann es soweit ist.«

Es wurde Winter, es wurde Frühling. Im Mai, als die ersten Apfelbäume blühten, bekam ich die Blume. Sie und die Seele mit all dem Schrecklichen.

Beides besitze ich heute noch.

# Die offene Tür

Ich war sauer. Sabine beachtete mich nicht. Dabei war sie erst sieben, und ich war schon acht. Beide gingen wir in die 2a. Den Lehrmeinungen zum Trotz hatte die Suche nach einem Partner fürs Leben längst begonnen. Zum Ende der Pause, wenn es darum ging, sich nebeneinander aufzureihen, wollte Sabine immer neben Boris stehen. Fast immer schaffte sie es. Ich dagegen stand mit Alexander davor, oder – meistens – dahinter. Ein einziges Mal war Ausnahmetag. Wir gingen den Wochenmarkt besichtigen. Von unserer Lehrerin hatte ich ein Portemonnaie mit drei Mark fünfzig bekommen. Davon sollte ich Gemüse kaufen. Auf meinem Zettel war notiert: - eine mittelgroße Zwiebel, - ein Bund Petersilie, - 150 g feine Karotten. Sabine war in meiner Gruppe. Sie hatte die Aufgabe, Notizen zu machen. Später sollte sie berichten, wie der Einkauf abgelaufen war. Oliver sollte die Waren prüfen und Regine den Stand aussuchen.

Sabine war wie ausgewechselt. Vor Abmarsch hielt sie mir den Platz neben sich frei. Auf dem Weg zum Markt erzählte sie von ihrer Schwester Kirsten. Die war böse. Immer wollte sie am Donnerstag nachmittag mit ihr spielen, meistens gegen fünf, wo doch um zehn nach fünf »Wickie und die starken Männer« kam. Kirsten fand Fernsehen blöde. Doch Sabine und ich mochten Wickie. Außerdem spionierte Kirsten. Wenn Sabine zum Abendessen ihre Hausaufgaben nicht gemacht hatte, petzte Kirsten das der Mutter.

Wir kauften ein. Sabine warf neidische Blicke auf die Silbermünzen in meiner Hand und kontrollierte das

Wechselgeld, während die Marktfrau es mir herausgab. Dann, auf dem Weg zurück wollte ich Sabine von meinem Bruder erzählen. Doch sie sagte: »Dein Bruder ist mir egal. Ich kann mich nicht immer mit dir unterhalten!« Da war auch sie für mich böse. Boris sollte sie haben.

Aber an den war schwer dranzukommen. Zum Ende der zweiten Klasse war seine Familie nach Königswinter gezogen. Boris hatte nun von uns allen den weitesten Schulweg. Er mußte mit der Fähre übersetzen, um dann noch eine Viertelstunde mit dem Bus nach Godesberg zu fahren. Er war nie ganz da. Seine Augen waren grüngrau wie der Fluß und höchstens halb offen. Erzählte man einen Witz, dann konnte man sehen, wie bei Boris die Pointe ganz langsam von den Ohren über die Augen bis zum Mund wanderte. Dann lachte Boris, weil Witze nun mal komisch waren. Ob aber je ein Witz auch sein Gehirn erreicht hat, ist mir wegen eines Zwischentons in seinem Lachen bis heute unklar.

Es ist dies die Geschichte einer Fliege. Meine Schwiegermutter hatte mal eine in ihrer Wohnung, einen ganzen Winter lang. Nach drei Wochen nannte sie die Fliege Antje. Jeden Morgen dachte sie: »Jetzt ist die Antje weg.« Aber Antje blieb bis zum Frühling. Erst an einem Sonnentag Mitte Mai war sie plötzlich verschwunden. Zum Ende der Grundschulzeit dachte ich: »Jetzt ist der Boris weg.« Er ging auf die Hauptschule. Sabine und ich gingen aufs Gymnasium. Allerdings kam Sabine in die b-Klasse, ich blieb bei der a. Als ich in der achten war, machte vor dem Römerplatz eine Tankstelle auf. An ihr mußte ich nun jeden Morgen vorbei. Zum Ende der neunten wurde dort das »Shell«-

Schild gegen eins der »Union Kraftstoff« ausgetauscht. Außerdem kam ein kleines hinzu: »Mit Bedienung«. Zwischen den Zapfsäulen erkannte ich bald darauf Boris, wie er für 84,9 Pfennige pro Liter die Preisbewußten aus dem Berufsverkehr versorgte. Dann erschien Sabine eines Morgens nicht mehr mit schulterlangen, sondern mit anderthalb Zentimeter kurzen Stoppelhaaren. Das hätte man bei uns in der a höchstens Ina zugetraut. Die war als einzige für Frauen in der Bundeswehr.

Wie Boris es ins Stadttheater geschafft hat, weiß ich nicht. Doch dort sah ich beide das nächste Mal zusammen: Sabine mit Stoppelhaaren, Boris mit Resten von Abschmierfett unter den Fingernägeln. Ibsens Gespenster? Nein, sie hatten sich beide ebenso zufällig getroffen wie ich sie. Ansonsten war alles wie früher – und auch wieder nicht. Sabine wollte zwar neben Boris sitzen, aber der war nicht einmal bereit zu fragen, ob man ihren Platz so kurz vor der Vorstellung noch umändern könnte. Mit Genuß verfolgte ich, wie er Sabine abblitzen ließ.

Wie Sabine es ins Schultheater schaffte, ist hingegen offenes Geheimnis. Ihr Vater hatte den Haushalt der Bonner Oper saniert, und von dort schien es einen Draht zu geben zu Lutz Marquardt, der als Regisseur mit Zeitvertrag bei den Bonner Bühnen arbeitete. Unter dem Stichwort »Laienschauspieler« inszenierte Marquardt bei uns in der Aula »Blick zurück im Zorn«. Die Hauptrolle besetzte er mit Sabine. Es war beeindruckend. Bei der Premiere spielten dreihundert Zuschauer zwei Stunden lang geballtes Interesse. Dann mußte Sabine weinen. Sie ging in die Hocke. Mit großen Augen sah sie uns an. Sämtliche Uhren der Umgebung hörte man ticken. Es kam eine einzelne Träne – wie aus einem hundertmal gewrungenen Schwamm. Alle wußten es. Das war die Talsohle der Achtziger. Es konnte nur besser werden. Ab jetzt gab es wieder ein Ideal.

Doch was tut meine Fliege? Sie ist verrückt geworden. Im Zimmer schwirrt sie hin und her, sie weiß nicht, was sie will. Ich jedenfalls verstehe es nicht. Nach Osborne und dem Abitur mußte es Pinkerton sein, ein nächstes Stück, nach wie vor aber an der Schule. Regie und weibliche Hauptrolle besetzte Sabine mit sich selbst. Immerhin gab man ihr nun bloß die kleine Aula im Nebengebäude. Das Stück war experimentell, also – dachte man wohl – konnte Sabine nicht viel falsch dabei machen. Ihre Rolle bestand bloß aus Kurzbeiträgen wie: »Setz das Wasser auf!« – »Sag es richtig!« – »Setz den Kessel auf!« Der Löwenanteil des Textes ging dagegen an ihren Partner. Und Steffen Vollmers, Debütant aus der Zwölften, machte es richtig. Er gab Pinkerton Gefühl, wo man es nicht für möglich gehalten hätte. Vollmers brachte das Letzte der feinsinnigen Gedankenverästelungen Pinkertons zum Vorschein; fünf Vorstellungen hintereinander bewies er, wie nah Sprache, Liebe und Philosophie auf der Bühne beisammen sein können. Nebenher spielte er Sabine an die Wand.

Nach dem Abitur ging Steffen Vollmers an das Max-Reinhardt-Seminar in Wien. Sabine startete dieweil zum dritten Mal eine Bewerbungsrunde bei den verschiedenen Schauspielschulen Deutschlands. Boris war von der Union-Tankstelle in eine Opel-Niederlassung im Pennenfeld gewechselt. Bei deren Einweihung hatte es geheißen: »Wir begrüßen Opel und seinen unternehmerischen Mut im Entwicklungsgebiet von Bad Godesberg!« Übers Jahr war die Niederlassung pleite und Boris arbeitslos. Hingegen hatte man bei Sabine nun endlich Hoffnung bekundet – an einer Kunsthochschule in Graz in der Steiermark. »Sei selbstkritisch!« stand auf ihrem T-Shirt, als ich sie das nächste Mal auf der Straße traf. Ihre Haare waren jetzt fünfzehn Zentimeter lang. Auf die Frage, wie es ihr gehe, sagte sie: »Gut, doch die nächste Klasse in Graz, die schaffe ich bestimmt nicht!«

Es kam anders. Anderthalb Jahre später bittet ihre Lehrerin sie zu einem Gespräch. Sabine möchte erst nicht, kommt dann aber doch und setzt sich mit deutlichem Zögern auf den angebotenen Platz. »Ich halte dich für sehr begabt«, sagt die Lehrerin und macht eine bedeutsame Pause. »Doch ich glaube, du bist gehemmt. Ich halte es für ratsam, daß du neben der Ausbildung eine Therapie beginnst. Mir scheint, du kommst von Verhaltensweisen deiner Familie nicht los. Aber wenn du die Therapie machst, dann wirst du frei davon sein. Alles, was ich kann, werde ich dann für dich tun. Ich werde sogar versuchen, dich ans Reinhardt-Seminar in Wien zu bekommen.«

Da ist sie also, die Tür, und sie steht weit, weit offen. Draußen ist das Licht, die Sonne, es ist ein wonnewarmer Maitag. Meine Fliege schwirrt hinaus, ganz wie Antje es getan hat. Mit ihrem Fliegenhirn freut sie sich an dem Frühlingstag. Doch was macht Sabine? Ihr steht der Mund offen. Sie ist kreideweiß im Gesicht. Im Schneckentempo zwingt sie sich aus dem Stuhl. Sie schüttelt den Kopf. Die Lehrerin nickt. »Du glaubst nicht an dich selbst. Das ist ein Teil deines Problems.« Noch einmal schüttelt Sabine den Kopf. Rückwärts geht sie aus dem Zimmer. Am frühen Abend packt sie ihre Sachen. Sabine nimmt den Nachtzug. Sie fährt zurück nach Bonn.

So ist dies nun, ohne Fliege, ohne Handlungsträger, keine Geschichte mehr, sondern ein Dokument des Zerfalls. Zurück in Bonn startet Sabine ein Regiepraktikum. Erst leidenschaftlich, dann atemlos, dann zum Abgewöhnen. Es folgt der Bruch mit der Kunst. Die Scherben werden zusammengekratzt. Drei Monate später steht Sabine vor einer Ausbildung in Bewegungstherapie. Erst allgemein (vorwiegend Erwachsene), dann speziell (Kinder). Zugleich zieht sie in eine WG um. Eines Abends klingelt dort zufällig Boris, er ist mal wieder auf Wohnungssuche. Florian, der Gründer der WG, wechselt demnächst nach Berlin. Beim Auszug rückt Boris nach. Sechs Wochen später sind er und Sabine zusammen. Sabine sagt: »Der Boris ist, glaube ich, was ich immer gewollt habe.« Ein halbes Jahr, und Sabine ist schwanger. Im fünften Monat bricht sie ihre Ausbildung ab. Sie sagt, sie müsse sich auf das Kind einstellen. Nach dessen Geburt beantragt Boris eine Sozialwohnung. Sabines Vater tobt über das vermasselte Leben und streicht seiner Tochter die Unterstützung. Es kommt zu rechtlichen Auseinandersetzungen. Sabine nimmt zu. In einer Illustrierten entdeckt sie den Fernkurs »Lebensberatung«. Unterdessen wandelt sich Boris vom tagträumenden Kämpfer zum halbwachen Helden. Er läßt sich sein Erbe auszahlen, um es in ein Fahrradgeschäft dicht beim Römerplatz zu stecken. Wenn einer von jenen, die er vor elf Jahren mit Sprit versorgt hat, heute in Rente geht und ein Vehikel für den Kottenforst braucht, dann, so hofft Boris, wird er es bei »Zweirad Schönmann« kaufen.

## »Anthroposophisch«

Zuerst sah ich ihre Haare. Sie waren schwarz. In einem Knoten liefen sie zusammen. Die Frau hielt den Kopf gesenkt. Sie wirkte traurig. Jetzt wanderte ihr Arm in die Höhe. Sie stickte. Seit langem war ihr Haus nicht gestrichen.

»Praxis« – das zweite Wort auf dem Schild neben der Türe hatte ich verstanden. Das erste fing mit einem H an, es hatte zwei O und ein Ö. Auf dem Fenstersims bei der Frau stand ein Totenschädel. Wo war ihr weißer Kittel?

»...'allo, du Kleiner, bis' aber ganz schön neugierisch ... !« Das Fenster stand offen. Ich schaute sie an.

»Du bist gar kein Doktor«, sagte ich entschieden. »Du bist eine Hexe!«

»O-lala, isch eine 'exe? Na, na, na!« Sie lachte. Dann drohte sie mit dem Finger. »'enri, komm einmal 'er!« Ein Junge erschien. Er war so alt wie ich. Seine Haut hatte einen dunklen Ton. Er winkte. Ich winkte zurück.

»Das ist 'enri«, sagte die Frau. »Er möchte mit dir schpielen. Wie 'eißt du?« Ich schwieg. Die Frau machte eine Bewegung. Henri verschwand.

»Wohnst du 'ier in der Schtraße?«

»Da hinten«, sagte ich.

Im Fenster erschien jetzt ein Kasperl. Er hatte ein grelles Kostüm an, seine Augen waren aufgerissen und seine Nase spitz. Trotz der Entfernung konnte ich ihre Löcher sehen.

»Mein Kasperl ist aber viel schöner!« rief ich.

»Da könnt ihr zusammen schpielen! Zwei Kaschpärl, das ist doch noch viel schöner!«

Ich wandte mich ab. Ich ging, fast lief ich. Hinter mir schloß sich das Fenster.

»In einer halben Stunde gehen wir jemand besuchen«, sagte meine Mutter beim nächsten Mittagessen. »Es ist ein Junge aus Belgien. Er heißt Henri. Er ist neu hier in der Straße. Sein Vater ist Arzt.« Ich steckte meinen Zeigefinger in den Mund, um Spucke draufzutun. Dann fing ich an, von meinem Teller die Brotkrümel aufzupicken.

»Jakob? Du sollst deinen Kasperl mitbringen!«

»Der Kasperl will aber nicht«, meinte ich beleidigt. »Hat er mir schon gesagt.«

»Ja, kennt der Kasperl denn die Leute?«

»Nö. Der will aber trotzdem nicht.«

»Und was ist mit dir?«

Ich pickte Krümel. »Da wohnt eine Hexe«, sagte ich.

»Da wohnt überhaupt keine Hexe!« widersprach meine Mutter. »Außerdem, jetzt laß das mal mit den Krümeln! Da wohnt eine sehr nette Familie. Und deshalb kommst du in einer halben Stunde auch mit!«

Immerhin, mein Kasperl durfte zu Hause bleiben.

Unsere Mütter tranken Tee. Unterdessen saßen Henri und ich in einem Nebenzimmer, das bis auf wenige Gegenstände leer war. An der Wand in einer Doppelwiege schliefen die Zwillinge Jean und René. Wir mußten leise sein. Immer, wenn ich etwas sagen wollte, hob Henri einen Finger und zischte. Schließlich nahm er aus der Zimmerecke seinen Kasperl. In mir kroch erneut die Furcht hoch. Die Alleebäume überschatteten das Fenster, in dem Zimmer war kaum Licht. Der Kasperl klatschte in die Hände. Für mich war er ein giftiger

Vogel; im Nu saß ich oben auf dem Schreibtisch. Henri stutzte. Er nahm die Puppe fort. Wenig später saß auch er auf dem Tisch. Beide sahen wir in die Straße. Zwischen uns gab es kein Geräusch mehr. Dann, kurz bevor Frau Morél in das Zimmer trat, schob Henri eine Muschel zu mir herüber. Sie hatte zwischen uns auf dem Fensterbrett gelegen. »Bekommst du geschenkt«, sagte er. Ich nahm die Muschel, aber ich bedankte mich nicht. Im Unterschied zu seiner Mutter sprach Henri ohne Akzent.

Es gibt Dinge, die mit den Jahren weniger werden, doch sie verschwinden nie ganz. In der dritten Klasse waren Henri und ich die dicksten Freunde. Seine Mutter aber mochte ich nach wie vor nicht. Einmal saßen wir auf der Schaukel und unterhielten uns über unsere erste Begegnung: er dort am Fenster, ich auf der Straße. Henri meinte, er habe mich vom ersten Augenblick an gemocht. Am liebsten wäre er aus dem Fenster gestiegen und über den Gartenzaun zu mir gesprungen. Ich sagte, ich hätte ihn vor lauter Angst kaum gesehen. Seine Mutter hätte alles überschattet – wie ein Alleebaum. Dann hätte ich die Muschel zurückgeben müssen. Sie sei ein Andenken von ihr. Ich verstand es nicht. Ab da war sie für mich nicht nur böse, sondern auch ungerecht. Denn Henri hätte mir nie etwas geschenkt, das nicht ihm gehörte.

Mit der Zeit hatten auch unsere Eltern Bekanntschaft geschlossen. Trotzdem fühlte ich mich niemals wohl in dem Haus der Moréls. Ein kühles Etwas gab es da, das alles registrierte. Henris Vater war Homöopath. So gut es ging, hatte mir mein Vater erklärt, was das war. Auguste Morél ging auch mit der Wünschelrute. Doch tat er das nicht gerne, weil es weh tat. Sobald er auf eine Wasserader stieß, sagte Herr Morél, ginge es wie ein Schlag durch seinen Körper. Danach habe er mehrere Tage lang Schmerzen in allen Gliedern. In Belgien hatte er jüngst für fünf Familien Brunnen gesucht, das sei fürs erste genug. Auguste Morél hatte eingefallene Wangen, bei einsachtzig wog er nur knapp fünfundsechzig Kilo.

Das kühle Etwas, so sickerte allmählich durch, gab es tatsächlich. Die Familie besaß keinen Fernseher, und Comics waren verboten. Jeden Abend traf man sich im Wohnzimmer. Der Vater las Nachrichten aus der Zeitung vor, über die er mit seiner Frau diskutierte. Auch Henri wurde um seine Meinung gefragt. Die Doppelwiege mit den Zwillingen stand dann ebenfalls in dem Raum. In späteren Jahren hockten Jean und René auf der Couch und wurden zum Stillsitzen erzogen. Hinter ihnen in den Regalen fanden sich fast alle großen Romane der französischen Klassik. Nach den Zeitungsnachrichten nahm der Vater eines der Bücher, erzählte etwas zu dessen Handlung und las dann ein Kapitel vor. Auch hierüber wurde diskutiert.

Vielleicht lag es daran – für Henri jedenfalls waren die Gestalten der französischen Klassik Wesen der Gegenwart. Charles, Svann und Dr. Rieux waren für ihn, was für mich die Biene Maja, Pipi Langstrumpf und die Fünf Freunde waren. Vom einen Universum zum anderen war es eine weite Reise, und ich glaube, wir schafften sie damals wohl nur, weil wir Kinder waren.

Erst während des Studiums habe ich begriffen, was es mit acht oder neun Jahren in Henris Welt alles *nicht* gab. Durch den fehlenden Fernseher, das Verbot der Comics war er ganz auf die Schrift fixiert. Auch gab es für ihn keine kindliche Phantasie, keine spielerische Rebellion und keinen blanken Unsinn. Ähnlich wie der Nachwuchs im Mittelalter war Henri, nachdem man ihn für lebensfähig befunden hatte, aus der Wiege genommen und in die Welt der Erwachsenen gestoßen worden. Wenn wir bei mir im Zimmer saßen, dann packte ich frisch drauflos die Legosteine aufeinander. Henri aber war wie ein Erwachsener, ein ausgebildeter Ingenieur. Er konnte nichts bauen ohne Plan. Ob Haus, ob Tresor, ob Rakete, meist war ich schon beim Umbau, da verfing Henri sich im ersten Drittel. Sein Plan war nicht aufgegangen – aber auf gar keinen Fall ging es nun ohne zweiten, ohne neuen. Etwas spontan mit Henri gemeinsam zu bauen war unmöglich. Immer mußte erst über den Plan gesprochen werden. Tat man es nicht, dann saß Henri vor seiner Bauplatte wie gelähmt, zog sich in sich zurück und grübelte. Es war schon schwierig: Die Grenze zwischen uns war nur von einer Seite aus offen.

Manchmal stellte ich ihn mir damals mit sechzehn vor. Er würde eine Ideendampfmaschine sein, dachte ich, grau, ein bißchen staubig und mit fettigen Haaren. Er hätte eine Nickelbrille auf und schaute durch sie wie Sartre, allerdings ohne zu schielen. Immer noch würde er mich besuchen, doch konnte es gut sein, daß er sich verspätete. Manchmal einen, manchmal zwei, manchmal drei ganze Tage. Und wenn er dann endlich kam, würde er sagen: »Tut mir leid, ich bin zwar erst auf Seite dreiundzwanzig, aber ich mußte noch den Roman zu Ende denken.« – Tatsächlich hatte Henri schon mit sechs eine stattliche Zahl eigener Bücher. Sie standen in einem Glasschränkchen neben dem Sessel, in dem Frau Morél nachmittags stickte. Denn in Frau Moréls Kindheit hatte es nicht nur keinen Fernseher und keine Comics gegeben, sondern in ihrem Elternhaus war das Lesen allgemein verboten gewesen. Besser gesagt, es wurde als Zeitverschwendung angesehen. Nun schaute Frau Morél während meiner Besuche oft zu uns ins Zimmer herein und rief: »'enri komm, 'ol deinem Freund un' dir ein Buch!«

Sie war in Rahier aufgewachsen, einem Dorf, etwa fünfzig Kilometer südwestlich des Hohen Venns. Sieben Kinder, und wenn der Vater eines der älteren mit einem Buch erwischte, dann sagte er: »Leg sofort das Buch weg und tu etwas Anständiges! Sei den Jüngeren ein Vorbild.« Mit vierzehn war Martine, geborene Loquin, zu ihrem Großonkel nach Aachen geflohen. Die Familie duldete es. Es kamen höchstens alle paar Wochen ein paar Zeilen von ihrem Vater, daß sie sich gut benehmen und dem Onkel nicht zur Last fallen solle. Zwei Monate vor ihrer Flucht hatte sie in einer Bar Auguste Morél getroffen. Dorthin, nach Verviers, hatte sie ein Junge des Nachbardorfs in seinem Auto mitgenommen. Es war das erste Mal, daß Martine weiter als zwanzig Kilometer von Rahier entfernt war. Auguste stammte aus Sourbrodt, unmittelbar hinter der Grenze zu Deutschland.

Liebe war es kaum, die beide zusammenführte – und bis zuletzt zusammen hielt. Im Gespräch mit meinen Eltern sagte Frau Morél einmal, daß man schließlich ebensogut heiraten könnte, weil es zu einer bestimmten Zeit im Leben nichts anderes zu tun gibt.

Henri und ich kamen auf unterschiedliche Gymnasien. Seine Familie zog aufs Land. So trennten sich unsere Wege. Erst als ich mich im Hauptstudium befand, lag eines Tages ein Brief bei mir im Kasten. Nicht von

Henri, sondern von Frau Morél. Ihrem Sohn gehe es sehr schlecht, er brauche viele Hilfe, vielleicht auch die meine. Ob ich ihn besuchen könne? Man würde auf mich hoffen. Art und Aufmachung des Briefes waren wenig erfreulich; den Nachsatz fand ich beinahe unverschämt. Trotzdem rief ich an, und wir vereinbarten den folgenden Sonntag.

Henri lag im Bett. Er war blaß, schwach, und er hatte eingefallene Wangen wie sein Vater. Abwechselnd erzählten Frau Morél und er.

Nach dem Gymnasium hatte Henri ein Studium der Elektrotechnik in Aachen begonnen. Das bot hervorragende Berufschancen; menschlich aber war Aachen eine Katastrophe. Bei vierzehn Studentinnen auf sechshundert Studenten wurde in der Hauptvorlesung applaudiert, wenn eine von ihnen den Hörsaal betrat. Es wurde gewettet, es wurden Verträge geschlossen, es wurde Geld gezahlt um festzulegen, welcher Student welche Studentin wann zu sich einladen durfte. Henri hatte es trotzdem geschafft und eine beachtliche Heerschar an Konkurrenten abgehängt. Bis vor einem Monat war er mit Veronika zusammen gewesen – Technikerin, Planerin, Rationalistin, ganz wie er: »An den Wochenenden«, erzählte Henri, »sind wir meist in die Innenstadt und haben uns Arm in Arm die Schaufenster angesehen, Sachen für die Wohnung. Am Mittwoch oder Donnerstag hat man sie dann heimlich gekauft, als Überraschung für den anderen. Das ist der Reichtum von Aachen.« Bis Veronika angefangen hatte von der Welt zu träumen und nach Köln gefahren war. »Es war seltsam«, meinte Henri. »Ich habe sie zum Bahnhof gebracht, auf den Bahnsteig. Sie aber wollte unbedingt alleine fahren. Wir sagten bloß Tschüß, der Zug kam, und die Worte der Ansage reimten

43

sich: ›Gleis acht wird jetzt bereitgestellt/ Stadtexpreß nach Bielefeld.‹ Es war ein absurdes Theater.«

Zwei Tage später hatte Veronika angerufen und Schluß gemacht. Gab es einen Neuen? Eindeutig nicht. Tief erschüttert und gekränkt hatte Henri zu einem generalstabsmäßig organisierten Gegenangriff angesetzt. Über einen Freundesfreund gelangte er an Veronikas Adresse. Er brauste nach Köln und quartierte sich in einer Herberge ein. Auf Schritt und Tritt wurde Veronika nun überwacht. Henri hüpfte hinter Mauern, Motorhauben und Plakatwände. Er schoß Fotos, er kritzelte Notizblöcke voll mit Straßennamen, Hausnummern; er rekonstruierte ihren Tagesablauf auf Minuten genau. Aber – da war tatsächlich nichts. Kein Neuer, kein Anderer. Kein Indiz, kein noch so versteckter Hinweis. Einfach nichts. Statt dessen war es, wie Veronika gesagt hatte. Sie wollte bloß weg aus Aachen. Und sie wollte Schluß machen mit ihm.

»Kennst du den Film ›Die zwei Leben der Veronika‹?« fragte Henri mich nun.

»Ja«, sagte ich.

»Meine Veronika hat auch zwei Leben. In dem einen, dem mit mir, da hat sie für das zweite gelernt. Sie sagt, unser Leben in Aachen hätte ins Nichts geführt. Nur, was meint sie damit?«

Seine Naivität machte mich fassungslos. Ich selbst war inzwischen mit dem Frachtschiff um die halbe Welt gereist, den letzten Sommer hatte ich in Rußland in Sankt Petersburg verbracht. Abends um halb elf hatte ich Schießereien auf dem Newski-Prospekt gesehen, beim Dr. Oetker-Café, in dem Bahlsen-Kekse hinter Panzerglas aufgestellt waren. Während der Rückreise auf einer Fähre hatte ich mit einem polnischen Auto-

44

dealer zwei Nächte lang durchgetrunken. Hier aber lag Henri. Mit viel Mühe und Penicillin hatte er eine Lungenentzündung überstanden, zu der es gekommen war, weil seine Informatik-Technik-Göttin ein anderes Leben wollte als Aachen und »in die Welt« (*expressis verbis:* nach Köln) gezogen war. Aber den Unterschied zwischen uns beiden schien Henri zumindest zu spüren.

»Im Vergleich zu dir komme ich mir vor wie ein Krüppel«, sagte er erschöpft.

»Vielleicht habt ihr einfach nicht zueinander gepaßt«, meinte ich. »Vielleicht ist alles, was ihr hattet, ein Notbündnis gewesen gegen die innere Leere der Kaiserstadt.«

Henri schluckte. »Wir beide, du und ich, wir denken so verschieden. Wie kann das sein?«

»Ja, was weiß ich? Vielleicht denken wir nicht nur verschieden, sondern wir *sind* verschieden.«

»Und Veronika und ich ... sind es auch?«

»Was kann ich da sagen? Ich habe sie doch nie gekannt!«

»Trotzdem, vielleicht hast du recht. Vielleicht sind Veronika und ich verschieden. Vielleicht habe ich das in meinem Plan nicht beachtet.«

Ich lächelte schwach. »Ohne Plan kannst du noch immer nicht, oder?«

Es war, als zerbräche etwas in mir. Plötzlich hatte ich keine Ahnung mehr, was ich in dem Raum noch sollte. Um Henri körperlich auf die Beine zu bringen, gab es einen Hausarzt. Ihn päppeln konnte seine Mutter. Höchstens brauchte er mich als Nabelschnur, eine Art Filter zur großen, planlosen Welt. Doch dazu, fand ich, war er zu alt. Die Verbindung mußte er nun alleine schaffen.

»Darf ich dir schreiben?« fragte Henri schüchtern.

»Klar, jederzeit ...«, sagte ich, als ich aufstand. Es klang verlogen. Während ich Henri noch über die Stirne strich, ging Frau Morél bereits aus dem Zimmer. Draußen auf dem Flur wartete sie auf mich.

»Jakoob, daß mein Junge ... daß dieser Junge so viel dänkt ... von wem 'at er es nurr?«

»Von wem?«

»Jakoob, sag es mir, ehrrlisch!«

»Na ... von Ihrem Mann, von Ihnen ... von all dem hier! Hier kann man doch nichts anderes, als ... denken! Über sich und den Menschen im allgemeinen immer nur ... nachdenken!«

»Also du meinst ... meinst du, es ist ein Ertsiehungsfehlär? Daran liegt äs?«

»Ja, natürlich.«

Doch merkte ich gleich, daß meine Worte auf feindlichen Boden fielen. Grausam wurden sie nun zerteilt und geplündert. Frau Morél holte Luft zu einer Erwiderung. Mich überkam die Wut.

»Und, wo steht das jetzt?« zischte ich los. »Na, wo steht die Antwort? Bei Proust? Bei Flaubert? Bei Rousseau? Bei Molière?! Ja – wie entkräftet man wieder alles, um weiterzumachen, nur um weiterzumachen wie bisher?«

Drei Jahre später bekam ich den nächsten Brief. Er war von Henri und kam aus einem kleinen Dorf in der Champagne der Ardennen. Auf einer Reise nach Nepal hatte er die Liebe seines Lebens kennengelernt. Sie hatten geheiratet, das erste Kind war seit ein paar Monaten auf der Welt. Seine Frau sei der ideale Ausgleich, schrieb Henri. Sie sei Europäerin, hätte aber lange in einem tibetischen Kloster gelebt. Das Dorf in der Champagne war ein Kompromiß, damit sie weiter meditieren konnte. Er selbst hätte sich auf die Entwicklung von Software spezialisiert. Den Großteil seiner Arbeit erledigte er von zu Hause aus. »Schade ist nur«, schrieb Henri, »daß wir so wenig Gleichgesinnte in La Trappe sur Bois haben. Es gibt hier kaum jemanden, der Bücher liest. Wenn wir Austausch möchten, dann geht das nur übers Internet.«

Auffällig an seiner Schrift waren die großen Unterlängen. Die meisten von ihnen gingen in die nachfolgende Zeile, um dort zwei, manchmal sogar drei ganze Buchstaben zu umkreisen. Zuletzt fragte Henri, ob ich ihn besuchen käme.

Ich lag auf dem Sofa. Mir wurde mulmig, wie es mir früher in Gegenwart seiner Mutter geworden war. Zu gern hätte ich ihn gefragt, was er inzwischen über seine Erziehung dachte. Doch ansonsten zog mich nichts nach La Trappe. Denn was die Stimmung im Hause Morél betraf, hatte ich mir nach dem letzten Besuch ein Wort zurechtgelegt. Seine Bedeutung paßte nicht, und darum – wenn nicht ohnehin schon – war es ungerecht und falsch, Henris Kindheit und Jugend auf diese Art auf den Begriff zu bringen. Aber das Wort hatte genau den richtigen Klang: »Anthroposophisch«.

Ich beschloß, Henris Einladung abzulehnen.

# Zweimal im selben Fluß

Die ersten Male kam sie immer zu spät. Sie half in einem Edeka-Laden und mußte nach Ladenschluß noch die Abrechnung machen. Ihr Vater war Amerikaner, ihr Bruder hatte eine Elvis-Tolle, ihr Zimmer war ein Schlauch mit einem winzigen Fenster. Gemeinsam hatten wir nichts.

»Tut mir leid, zwei Posten haben wir nicht gefunden.« Ihr Schreibzeug hatte sie in einer Mappe aus Kunststoff. Die hielt sie vor der Brust wie ein Baby. Meistens trafen wir uns bei mir, da war mehr Platz, wir konnten auf dem Boden sitzen. Zu dieser Zeit ging es mir beinahe zu gut.

»Ich versteh' echt nicht, wieso du mir das alles umsonst erklärst!« Zweimal warmbraune Iris, ein Silberblick. Doras linkes Auge sah an meinem rechten vorbei, als glaubte es mir nicht. Abgesehen davon war sie mein Traum. Dunkelbraune Haare, an den richtigen Stellen schlank und an den richtigen genau richtig rund.

»Ich hab' genug Geld«, sagte ich. »Allein mit Mathe-Nachhilfe mache ich bei den anderen mehr als dreihundert pro Monat. Die Fotoarbeiten in meiner Dunkelkammer dazu, da komme ich auf fünf- bis sechshundert.«

»Aber mehr Geld, das schadet doch nicht!«

»Nein, nur bei dir ist es mir zu langweilig. Mit dir wette ich lieber. Was machen wir, wenn du in der nächsten Klausur eine Eins schreibst?«

»Dann koche ich. Und ich räume die Kommode aus meinem Zimmer, damit wir dort essen können.«

Ich zögerte.

Dora sah mich an. Sie lachte.

»Du glaubst doch wohl kaum, daß ich nach so ein paar Stunden eine Eins schreibe?«

Die Fotos von den beiden waren der erste Schock. Der zweite war sein Name. Dora und Rüdiger. An Dora konnte man sich gewöhnen, an Rüdiger nicht. Der mußte raus aus meiner Welt. Der dritte Schock war, wie offen sie mir die Bilder zeigte. Wenn ich ihr Vergrößerungen anbot, vielleicht käme ich ja an die Negative. Dann würde ich mich oben im leeren Dachzimmer vor der Wand in Rüdigers Position fotografieren und eine Maske schneiden. Mit einem Schwarzweißlabor für dreizehnhundert konnte man viel schaffen. Nur die Wirklichkeit, die schaffte man leider nicht.

In der ersten Klausur schrieb Dora eine Vier. Ich hatte verloren. Zwanzig Portraits. Zwanzigmal die Qual der Welt. Rüdiger blieb, und es half mir bloß Frank. Er, mein bester Freund, war der Olymp des Verstandes. Von Kants *Kritik der reinen Vernunft* hatte er die Vorrede auswendig gelernt. »Gut fürs Gedächtnis«, meinte er zur Erklärung. Ähnlich trocken war jetzt seine Kritik der Vernunft an Dora: »Überleg es dir.« Ein Rat wie frisch aus der Apotheke. Hochprozentig und klinisch rein. Ich biß die Zähne zusammen. Für Frank war das Thema damit abgetan; er rechnete. Zweimal soundsovielhundert vom je eigenen Konto, das ergäbe drei Wochen Korsika inklusive sieben Meter Boot mit einem Mast und zwei Segeln. In der nächsten Klausur schrieb Dora eine Drei. Das hieß: Unentschieden. In unserer Wett-Tabelle waren bei der Drei die Gewinnkästchen leergelassen. Der Sommer kam, und Frank und ich fuhren. Die Ferien wurden unbeschreiblich. An Dora dachte ich kein einziges Mal.

Ihre Stimme klang enttäuscht, als sie im September bei mir anrief. »Gibt es dich noch?« Vor meinem Fenster ging die Sonne unter, die See spiegelte sich in allen Farben. Links von mir war ein Leuchtturm, rechts auf dem Decktisch stand eine Flasche Malibu. Franks Hand griff nach ihr, um für uns beide nachzuschenken. »Wo steckst du? Auf dem Pausenhof sieht man dich nicht, auf dem Korridor auch nicht. Ich hab' bestimmt drei Mal nach dir gesucht!«

»In den Pausen bin ich jetzt meistens bei Frank, einen Stock höher«, sagte ich.

»Na, da kann ich ja lange laufen! Hast du Lust, daß wir uns wieder mal treffen?«

»Wie sieht es aus mit Mathe?«

»Geht so. Ich glaub, ich versuch das alleine. Aber du und der Frank, ihr wart doch auf Korsika. Hast du Fotos?«

»Jede Menge.«

»Kann ich kommen, und du zeigst sie mir?«

Bis heute habe ich nicht verstanden, warum sie das als Aufhänger genommen hat.

»Tja«, meinte Dora, als die sieben Päckchen von der einen auf die andere Seite gewandert waren. »Da hattest du eindeutig die schöneren Ferien. Ich war in Holland und hab' mit Rüdiger Schluß gemacht.« Die *Ajaccio* verschwand, ebenso das spiegelnde Meer und die Flasche Malibu. Mit Ruhe und Romantik war es vorbei. In mir brannte mit neuem Feuer die Hoffnung.

»Schluß gemacht?« fragte ich. »Wieso?«

Doras rechtes Auge sah jetzt an meinem linken vorbei.

»So halt.«

»Aber einen Grund wird es doch geben?«

Ihr Blick wanderte auf die lackierten Zehennägel. Schließlich lächelte sie und zuckte mit den Schultern.

»Vielleicht bin ich ja ein Pechvogel.«

»In Mathe und auch sonst im Leben, oder wie?«

»Warum denn nicht?«

»Und wenn man das erkannt hat, dann macht man eben mal Schluß mit seinem Freund?«

»Nein. Es war irgendwie langweilig. Ich weiß auch nicht.«

»Und bei denen davor?«

»Nach einem Jahr war es immer irgendwie langweilig.«

Ich tat, als ob ich verstanden hätte.

»Den ersten Freund hatte ich mit vierzehn«, sagte Dora und griff noch einmal zu den Bilderstapeln. »Vielleicht brauch' ich ja einfach mal etwas Zeit für mich.« Sie zeigte auf Frank, der die Fock hielt. »Du schaffst es doch auch ohne Freundin ...«

Eine Woche nach dem Treffen fiel mir *Antigone* von Jean Anouilh in die Hände. In einer Tragödie ausschließlich das Schreckliche zu sehen, so die These von Anouilh, ist, als wolle man bestreiten, daß jede Lawine den Naturgesetzen folgt, wenn sie zu Tal geht. Ab Akt zwei braut sich etwas zusammen, in der dritten Szene des zweiten Aktes genügt dann ein minimaler Anstoß, und für den Rest des Stückes geht alles haarklein vorausbestimmt, immer größer werdend und ständig mehr mit sich reißend in den Abgrund. Kennt man die Umstände, kennt man die Gesetze, dann kennt man auch das Ende.

Genau so, dachte ich, wird es mit Dora und mir sein. Sie wollte Zeit für sich, hatte sie gesagt. Nur, warum – um aller Naturgesetze willen – hatte sie das mir gesagt? Das teuflische Elixier meiner Hoffnung, verkocht mit diesem Gewürz, konnte nüchtern betrachtet nur zur Katastrophe führen. Der Anouilh in mir sah es, aber mein Ich, dem es noch immer zu gut ging und das glaubte, alles schaffen zu können, spielte in diebischer Weise mit dem Feuer.

Es wurde Oktober. Wir trafen uns zweimal die Woche. Wir fühlten uns wohl miteinander. Wir verstanden uns. Es war eine Freundschaft, leicht, heiter und frei, für die andere vieles gegeben hätten. An einem Donnerstagabend brachte ich Dora zu ihrem Auto zurück. Sie schloß auf und stellte ihre Tasche auf den Nebensitz. Dann:

»Jakob?«

»Ja?«

»Es ist immer so lustig mit dir.«

»Mit dir auch.«

»Die letzten Wochen habe ich mich echt mal wohl gefühlt.«

»Ich ... auch.«

»Ehrlich?«

»Ja.«

»Ich glaube, ich bin ein bißchen ein anderer Mensch geworden.«

»Da freue ich mich.«

»Meinst du, daß es immer so bleiben kann?«

»Immer ... so?« Ich machte eine Pause und zog in Gedanken ein Streichholz. »Selbst wenn es irgendwann einmal *noch* schöner sein könnte?«

»Wie meinst du das?«

»Ja, äh, merkst du denn nichts?«

»Nein.«

»Überhaupt nichts?«

»Nö.«

»Komisch.«

»Wie sollte ich denn was gemerkt haben?«

»Ja, so, bei mir, seit mit dem ... Schluß ist.«

»Nein?«

»Also, dann heißt das wohl, bei dir, da ist nichts ...«

»Nein.«

»Mhm. Weil, nämlich ... bei mir, also, ist da jede Menge.«

»Das tut mir leid.«

»Ja, aber ... das hast du nicht gemerkt?«

»Nein. Sonst hätte ich bestimmt was gesagt.«

Wir sahen uns an. Unsere Augenpaare trafen sich. In der Dunkelheit war Doras Silberblick nicht zu erkennen. Die Minuten vergingen.

»Ich glaube, dann fahre ich jetzt besser«, sagte Dora schließlich. Ihr Griff um die Türe löste sich. Sie stieg ein, und ich dachte: Jetzt läßt du mich hier stehen, ganz ohne Strohhalm, fährst einfach davon. Der Motor sprang an. Doch kurz darauf wanderte die Scheibe nach unten.

»Jakob? Du kommst aber doch zu meinem Geburtstag? Nächsten Dienstag? Du kommst, oder?«

»Schon ... nur, was ist mit der Zukunft?«

»... mit ...?«

»... also, wenn nicht jetzt, heißt das dann – nie?«

»Vielleicht. Die Zukunft, die ist bei mir offen.«

Frank war anderer Meinung. Wer einen bestimmten Charakter hat, sagte er, dem passieren bestimmte Dinge immer wieder. »Du kannst eine Frau dreimal zum Essen einladen, um herauszufinden, ob du ihr Typ bist. Wenn beim dritten Mal nichts passiert, dann wird auch beim vierten, fünften und sechsten Mal nichts passieren.« – »Aber ich habe Dora nicht zum Essen eingeladen!« sagte ich. »Sie hat mich zu ihrem Geburtstag eingeladen! Sie sagt, ihre Zukunft sei offen!« – »Wenn sie beginnt, mehr als dreißig Prozent deiner Gedanken zu strapazieren, dann solltest *du dir* eine Frist setzen. Denn dann lebt sie von deinem Konto, und *deine* Zukunft ist dann alles andere als offen. Überleg es dir.«

Dora und ich trafen uns weiter, wir fühlten uns wohl miteinander. Doch näher kamen wir uns kein Stück, und in den Stunden ohne sie fühlte ich mich zusehends elend. Schließlich begann ich, mich mit Samstag, dem 15. Dezember, zu beschäftigen. An diesem Tag würde ich Dora in das neue Kabarett von Hanns Dieter Hüsch »Und sie bewegt mich doch« einladen. Vorher zum Essen, nachher auf einen Drink. Und dann würde ich sie friedlich nach Hause fahren. Ein letztes Mal ...

»Jakob, das war wunder-, wunderschön.«

Es war der 15. Dezember. Ich hatte in ihrer Straße geparkt und den Motor abgestellt. Doras Augen glänzten im Schein einer Laterne. Vom Silberblick keine Spur. Wir sahen uns an. All das kannte ich jetzt nur zu gut.

»Ja«, meinte ich. »Das war es. Es war wunderschön. Es war eine wirklich schöne Zeit. Schade nur, daß gerade auch die schönen Zeiten oft schnell zu Ende gehen.«

»Findest du?«

»Ja. Mach es gut, Dora.«

»Du auch, Jakob. Ich ruf' dich nächste Woche mal an.« Sie wollte den Türgriff ziehen.

»Dora? ... Du hast mich nicht verstanden. Du brauchst mich nächste Woche nicht anzurufen.«

»Nicht? Möchtest du lieber mich anrufen?«

»Nein.«

Doras Hand lag auf dem Türgriff. Ihr Blick ging nach vorn auf die Straße.

»Aber wie sollen wir uns dann treffen?«

»Wir treffen uns nicht mehr. Das hier war unser letzter Abend. Ich hoffe trotzdem, es war ein schöner Abend.«

»Sag mal, spinnst du? Was ist denn in dich gefahren? Warum sagst du sowas?«

»Meine Hoffnung ist aufgebraucht. Wir werden nie zusammenkommen.«

»Komisch. Ich hatte irgendwie gedacht, daß es dir nichts ausmacht, so, wie es jetzt ist.«

»Da hast du dich getäuscht.«

»Aber du kommst doch damit zurecht!«

»Möchtest du zum Ausgleich vielleicht mal ein paar Monate spielen, als ob bei dir was wäre?«

»So etwas tue ich nicht.«

»Warum?«

»Es hat keinen Sinn. Selbst wenn ich es tun würde, du würdest es merken.«

»Wär' mir egal.«

»Aber es wäre eine Lüge.«

»Dann darf ich vielleicht heute nacht aufhören mit lügen? Auch dann, wenn du es nicht merkst?«

Jetzt begriff Dora.

»Also wegen so einem Mist geht nun in einer einzigen Minute eine Freundschaft in die Brüche! Hast du dir das auch gut überlegt, Jakob? Ich fänd's echt schade!«

»Schade?« fragte ich.

»Ja, schade.«

Nun zog ich in Gedanken nicht nur ein Streichholz, sondern legte es auch an die Lunte.

»Bloß schade?« fragte ich leise, aber messerscharf. »Mehr nicht?«

»Wieso denn mehr?«

»Also, wenn du das bloß schade findest, dann hab' ich ja ganz schön richtig gehandelt. – Mach's gut!«

»Mach's du auch gut! Aber sowas, das passiert mir nicht noch mal!«

Dora verschwand auf dem Weg zur Wohnung. Ich startete den Motor. Wann immer ich in den folgenden Wochen an diese Momente zurückdachte, wurde mir flau im Magen. Die nachfolgende, wenn auch geräuschlose Explosion hatte tatsächlich einiges zu Tal gerissen. Von mir. Aber von Dora? Ich verstand es nicht. Und unsere Freundschaft lag mit im Abgrund, zerstaubt zwischen tausend Trümmern.

*

Vier Jahre später trafen wir uns wieder. Es war bei einem Ehemaligenfest unserer Schule. Sie war allein gekommen und stand mit einer Zigarette neben dem Tisch, auf dem die Preise für die Lotterie ausgelegt waren. Der Hauptteil des Abends war vorbei. Eine Begrüßung sparte ich mir.

»Du rauchst?« fragte ich sie. »Erinnerst du dich, wie Rüdiger sich bei dir immer ans Fenster stellen mußte, um zu rauchen?«

»Mußte er?«

»Ja. Ich hab das zwar nie mitbekommen, aber du hast es mir erzählt.«

»Na, viel rauche ich selber nicht. Das hier ist vielleicht die fünfte in zwei Monaten.«

»Aus Langeweile?«

»Nein.« Ihr rechtes Auge sah mich kurz an.

»Was machst denn du so?« fragte ich weiter.

»Jetzt, wo Ferien sind, arbeite ich als Aufsicht in einem Freibad. Das ist witzig. Studierst du?«

»Ja, Medizin.«

»Ich studier' auch. Soziologie und Ökotrophologie. Bist du in Bonn?«

»Ich wohn' im hintersten Winkel von Poppelsdorf.«

»Da ist das Bad in der Nähe. Ich kann mal bei dir vorbeikommen, wenn du Lust hast. Abends, nachdem ich Schluß gemacht habe. Wär' doch witzig.«

Ich gab ihr meine Adresse. Ich glaubte nicht daran, und egal war es mir auch.

Zwei Wochen später stand Dora vor der Türe. Wir gingen auf den Kaiserplatz, um ein Bier zu trinken. Dora erzählte: Nach dem Abitur war sie in Amerika gewesen. In Chicago hatte sie Stevie kennengelernt. Mit ihm war sie drei Monate quer durch die Staaten gereist. »Der war nett, zu dem hab' ich echt gestanden.« Eine Woche vor Abreise hatte sie dann Schluß gemacht. Sobald ich es hörte, dachte ich: Das ist also geblieben. Trotz allem war es zuletzt wieder langweilig. – Lachend schlug ich vor, daß sie mich nun auf ein Bier einladen sollte. »Wegen Stevie«, meinte ich. »So wie du mit dem umgegangen bist, da bist du uns Männern einen schuldig.« Dora verstand zwar nicht, aber sie lud mich trotzdem ein. Als wir an meiner Haustüre angekommen waren, gab ich ihr einen Kuß. Sie hielt ihr Rad, stand völlig still, und ihre Lippen waren bloß da und fühlten sich weich an. Dann stieg sie auf, um über Kessenich nach Godesberg zu fahren. Mein Angebot, sie dorthin zu bringen, hatte sie noch auf dem Kaiserplatz abgelehnt.

»Du bist anders geworden«, sagte sie zum Ende des Sommers. »Du verstehst mehr. Du hast nicht mehr diese sonderbaren Ansichten.« Wieder hatten wir eine wundervolle Zeit verlebt. Wir waren im Melbbad im

Mondschein schwimmen gewesen, wir hatten auf der Löwenburg unter freiem Himmel gezeltet. Jetzt waren wir zur Rheininsel Grafenwerth unterwegs, weil es dort neuerdings Jever vom Faß geben sollte. Als die hohen, eckigen Gläser schließlich vor uns standen, meinte ich, wir sollten sie später heimlich nach Hause nehmen. Als ein Zeichen. »Ich spüle sie«, sagte ich, »und dann stellt jeder eines bei sich ins Regal. Auf den Tag sind es drei Monate, seit wir uns wiedergetroffen haben.«

»Mehr nicht?« fragte Dora.

»Mehr nicht. Die Zeit ist schnell vergangen.«

Dora nickte. Der Kuß vor der Haustüre war der einzige gewesen, und seitdem hatte ich sie nie mehr berührt.

»Dann stelle ich mein Glas oben in die Ecke von meinem Regal, wo jetzt Stevies Bär ist.«

Mir wurde heiß und kalt zugleich. »Ist etwas?« fragte ich.

»Nein. Aber trink mal dein Bier aus. Im Moment ist viel los hier, da kann ich das Glas gut im Rucksack verschwinden lassen.«

Ich trank, und einiges früher als ich es erwartet hatte, waren wir auf dem Rückweg. Kurz hinter Königswinter hielt Dora ihr Rad an.

»Da waren mir zu viele Menschen auf der Insel. Hast du Lust, dich hier ans Wasser zu setzen?«

»Klar. Ist wirklich nichts?«

»Ich wollte dich ein paar Sachen fragen.«

Die Nacht war klar, der Mond schien hell und war dreiviertel voll. Wir schlossen unsere Räder ab, um uns zwischen den Kribben eine Bucht zu suchen. Als wir saßen, sahen wir lange auf die Schiffe. Die meisten von ihnen kamen stromab. Vor den Baumreihen von Nonnenwerth sah man zum ersten Mal ihre Lichter.

Auch Dora hatte sich in den vier Jahren verändert. Sie war ungeduldiger geworden, und in fast allem war sie mittlerweile von ihrem Pech überzeugt. Das gute Aussehen war ihr lästig. Nach einer Weile nahm sie zwei Steine aus dem Sand und rieb sie gegeneinander.

»Etwas Verrücktes muß man machen«, sagte sie langsam. »Oder Schluß.«

»Schluß? Womit?«

»Mit Ei und Huhn.«

»Ei und Huhn?«

»Ja.« Sie lachte. »In der Mitte steht ein Ei, und drum herum sitzen lauter Hühner. Das Ei erzählt den Hühnern von Ei und Huhn.«

»Eine Vorlesung?«

»Lebensmittelkunde. Total bescheuert!« Den einen Stein warf sie fort und sah mich an. »Gehst du wieder hin in drei Wochen?«

»Zur Uni? Ja, warum denn nicht?«

»Klar. Dir fliegt das alles zu. Du hast nicht mal 'ne Ahnung, wie schwer das für andere sein kann.« Dora zeigte auf die Promenadenlichter am anderen Ufer. »Gut, dann machen wir jetzt ein Experiment. Wir schwimmen da rüber, und wenn wir drüben sind, dann sind wir zusammen. Wenn einer unterwegs Probleme kriegt, wird der andere ihn retten.«

»... und drüben sind wir zusammen?«

»Ja. Ich kann sehr gut schwimmen. Fünf Leute hab' ich schon aus dem Melbbad gefischt. Ich fisch dich raus!«

»Schon ... aber das hier ... ist vielleicht doch etwas anderes.«

»Ja, klar. Hier geht es um uns. Aber ich fisch dich raus. Ich schwör's dir. Oder ich geh mit unter.«

»Was ist mit dir? Ich kann nicht so gut schwimmen. Ich kann dich nicht rausfischen.«

»Versuch es. Oder geh mit unter.« Dora war aufgestanden, ihr Kopf zeigte in die Richtung der Promenadenlichter auf der anderen Seite.

»Warum tust du das?« fragte ich.

»Weil ich kein Huhn bin. Ich möchte einen Beweis. Ohne Beweis bin ich nicht zu haben.«

»Dann war es das also bei Stevie, Rüdiger ...«

»Ja, das war es. Schwimmen wir?«

»Hast du eine Uhr?«

»Wozu?«

»Ich möchte wissen, wie lange es dauert, bis ein Schiff von Nonnenwerth hier vorbeikommt.«

Ein Stück abseits setzte sich Dora wieder in den Sand. »Zähl einfach die Sekunden«, sagte sie, »ich warte. Es wird bestimmt witzig sein, wenn wir da drüben ankommen werden mit kaum etwas an. Wie kommen wir dann weiter zu mir oder zu dir?«

Vor den Bäumen der Schwesterinsel Grafenwerths zeigte sich ein weißer Punkt. Ab zwanzig aufsteigend begann ich zu zählen. Dora überlegte, was wir mit unseren Rädern machen sollten. Für den Rucksack und die Kleider konnten wir leicht ein Versteck zwischen den Steinen finden. Und ihren Hausschlüssel, murmelte Dora, würde sie sich um das Handgelenk binden.

Nach vier und einer halben Minute glitt das Schiff, das ich beobachtet hatte, auf unsere Höhe. Herausfordernd blickte Dora mich an.

»Unmöglich«, sagte ich kühl. »Egal wie wir es machen, im ungünstigsten Fall stoßen wir immer mit so einem Ding zusammen. In viereinhalb Minuten schaffen wir es nie bis über die Mitte.« Dora begann, ihre

Hose aufzuknöpfen. Erst sie, dann das T-Shirt landete vor meinen Füßen. Der Hausschlüssel wurde festgeknotet, während Dora mir erklärte: »Den Rest kannst du machen. Du bist intelligent, aber feige. Und du hast unrecht, du vertraust mir nicht. Ich warte auf dich am anderen Ufer. Jetzt mußt du dich selber retten. Und alles wird bleiben, wie es ist.« Wieder zeigte sich ein weißes Licht bei der Baumreihe, dicht gefolgt von einem zweiten. Dora stieg in das Wasser. Zum Ende der Kribbe schwamm sie schräg in den Strom, und nach vier Minuten hatte sie das erste Drittel hinter sich. Beide Schiffe zogen an ihr vorüber, ohne daß etwas geschah. Kurz darauf wiederholte sich die Szene mit zwei Bergfahrern. Als sie zuletzt bei den Promenadenlichtern aus dem Wasser stieg, erhob ich mich. Langsam ging ich zum Rucksack, um mein Jeverglas herauszuholen. An einem Kribbenstein zerschmiß ich es. In der Nähe der Scherben versteckte ich Doras Anziehsachen. Dann fuhr ich nach Hause. Ich wußte, daß ich nie im Leben geschwommen wäre.

\*

Noch einmal vier Jahre später stieg ich selber in den Fluß. Auch jener zweite Schluß mit Dora war mir nahe gegangen. Mit der Medizin hatte ich gebrochen und war nach Berlin gewechselt, um dort Literatur zu studieren. Nebenher schrieb ich Gedichte. Mit ihnen kassierte ich Absage um Absage, und als die Stütze Studium schließlich wegfiel, wurde Berlin für mich zum Moloch. Also kehrte ich nach Bonn zurück, um in eine billige Wohnung nach Beuel zu ziehen und mich größeren Formen zu widmen. (So brauchte es länger, bis ich mir eine nächste Absage einhandeln konnte.) Ab

Juni ging ich fast jeden Abend mit einer Badehose und einem Handtuch hinunter zur Kennedybrücke, um dort entlang der Pappelreihe am Ufer stromab zu schwimmen. Wie Dora damals auf Grafenwerth, so waren jetzt mir in den Freibädern zu viele Menschen. Das Geld auf meinem Konto wurde ständig weniger, und der Fluß bot die Freiheit und Schönheit, um aus meiner sich verengenden Zukunft für eine halbe Stunde herauszuschwimmen. Bis zum Ende des Sommers wollte ich es bis zur Siegmündung schaffen. Es gelang mir schon Anfang August.

Doch als ich nach dem Erfolg auf dem Leinpfad zu meinen Platz mit den Anziehsachen und dem Handtuch zurückkam, da war dort nichts mehr. Ich konnte es nicht fassen: Hemd und Hose, einfach weggeklaut, und das im reichen Deutschland! Ratlos suchte ich alles ab und machte ich mich dann zu den ersten Häusern auf.

»Vermissen Sie etwas?« fragte mich eine Spaziergängerin. »Sie wirken, würden Sie etwas suchen.«

»Ja«, sagte ich, schon halb lachend. »Ich bin im Rhein geschwommen, und seit ich aus dem Wasser bin, besitze ich nur noch das, was Sie an mir sehen.« Die Frau war Ende fünfzig, sie musterte mich mit einem lustigen Blick.

»Ich wohn' gleich da hinten«, sagte sie. »Ich bring' Ihnen ein Hemd. Mein Sohn braucht es nicht mehr.«

Auf der Straßenecke vor ihrem Haus stand eine Telefonzelle. Ich ging hinein und meldete den Diebstahl der Polizei. Kurz darauf entstiegen einem VW-Bus zwei Beamte. Auch sie waren einigermaßen amüsiert.

»Den kenn' ich«, erklärte ihnen die Frau. »Der ist hier öfter. Er tut nix, er schwimmt bloß im Rhein. Aber er muß mal anfangen, auch gegen den Strom zu schwimmen.«

Und bei diesem Wort brach in mir die Erkenntnis hervor: Ich hätte es geschafft damals, bei Königswinter. Mit Dora wäre ich auf der anderen Seite angekommen. Wir wären zusammen gewesen. Vielleicht für immer.

Es wäre möglich gewesen.

# Wenn du gehst, dann geh auch weg

»... sich nichts sehnlicher gewünscht als dieses Kind«, sagte Frau Adloff. Die Geburt war ohne Schwierigkeiten verlaufen. Ihren Jungen hatte sie zweimal im Arm gehabt. Es kam der erste Spaziergang auf der Station, der Blick durch das Fensterchen auf die Neugeborenen. Ein leeres Bettchen fiel ihr auf. Wie schön, wenn er jetzt bei ihr wäre. »Uwe?« fragte sie die Schwester, um zugleich auf das Bettchen zu zeigen. Dort müßte er liegen. Aber wo war er? Das Mysterium hatte seinen Anfang.

Eine Viertelstunde später fanden sie ihn. Eine Verwechslung. Nicht zu entschuldigen. Nicht zu erklären. Aber wo die Verwechslung einmal möglich ist, da ist sie es auch zweimal. Der Säugling fühlte sich fremd an. Da und nicht da. Sie würde sich neu an ihn gewöhnen müssen.

Momente, in denen er ihr wie ein Körper vorkam, warm, voller Zutrauen, aber nicht als winziger Jemand, der seinen Namen trug. Wie konnte es Werner, ihr Mann, nur so leicht nehmen? »Der Junge verschwindet eben«, sagte er. »Daran erkennen wir ihn.« – »Nein«, dachte sie, »er entzieht sich.« Kaum auf der Welt, schon aus ihr heraus. Nie richtig da gewesen. Vielleicht war die Schwierigkeit bei der Geburt, daß es keine gegeben hatte. Nicht genügend Schmerz, kein Übergang.

Das glaubt sie, bis Uwe sich heiser schreit, alles von sich gibt, auf Durchlauf schaltet (wie Werner sagt), und bis sie selbst plötzlich starr wird über dem Gedanken, ein rohes Stück Fleisch vor sich liegen zu haben, ganz wie sie es bei ihrem Vater erlebt hat, vor dessen Tod. Das ist er nicht, sofort vergessen, lieber die Erinnerung behalten daran, wie er war, die vielen, die schönen Jahre. Sich daran festhalten. Daran glauben.

Bei Uwe? An ein paar Umarmungen? Es hat sich ja schon umgekehrt, innerhalb weniger Monate. Beim besten Willen, ein- oder zweimal war schon reiner Haß in ihr, der neutralisiert hat wie bei dem Experiment in Chemie, das sie mit zehn so faszinierte. Rote Flüssigkeit, schwarze, man schüttet sie ineinander, und heraus kommt Wasser, durchsichtig und geschmacklos, Trinkwasser. – Nicht aufgeben, das darf nicht bleiben. Rudi, ein süßes Zottelmonster, muß her, vielleicht, sagt sie sich im Stillen, lockt ja so ein Stofftier Uwe endlich in die Welt. Auf dem Rückweg vom Geschäft überrascht sie der Regen, Rudi, der Bär, nimmt das Wasser wie ihr Sohn. Rudis Tropfenzotteln, Uwes Kringelsträhnen, der Bär und das Kind sind schon eines, mindestens aber Verbündete, bevor sie zu Hause anlangt.

Das hättest du wohl gern, denkt sie, setzt den Bär vor ihn hin, jetzt schneide ich diesem Tier einen Schlitz in den Rücken, hol' die Füllung raus, und du kannst dich in ihm verkriechen, da und nicht da, ich helf' dir noch hier aufzuführen, was du uns vorspielst, womit du uns zur verzweifelten Suche zwingst: Uwe, komm raus, sei anwesend! Zeig, daß es dich gibt!

Aber Uwe lehnt es sogar ab, sich den Ort seines Nichtseins vorschreiben zu lassen. Rudi sitzt am Frühstückstisch, Uwe hingegen beäugt die Suche seiner Mutter vom ersten Stock aus. Dann sitzt Rudi auf der Schaukel im Garten, es ist Sonntag, und Werner findet seinen Sohn (inzwischen anderthalb Jahre alt) am frühen Abend im Trockner. Soll er doch, denkt der Vater, in die Welt kommen jetzt halt Dinge, mit denen er sein Verschwinden üben kann, so lange, bis er es satt ist! – Also ist Uwe mit seinen neuen Schuhen weg, er ist mit dem Roller weg, mit dem Rad weg. »Uwe suchen« heißt Herrn Adloffs Antwort, wenn ein Kollege ihn abends fragt: »Was machst du heute nach Betriebsschluß?« Und nie zeigt Uwe Angst, nicht gefunden zu werden, denn er wird es ja immer. Nie kommt er von selber zurück, denn er wird ja immer geholt, gebracht. Tatsache: Herrn Adloffs Plan scheitert ganz wie der seiner Frau. Geübt wird das Verschwinden, doch gelernt wird nicht das Loslassen, nicht die eigenständige Rückkehr.

Und so wird Uwe allmählich zum Meister der falschen Spur. Das Rad findet sich auf dem Spielplatz, aber Uwe hat sich ins Edeka einschließen lassen, wo er am nächsten Tag im Regal, schlafend mit einer Packung Frosties im Arm, gefunden wird. Der kleinen Silvia schenkt er seine Schuhe, schickt sie nach Hause, um sich barfuß zusammen mit einer Gruppe Halbstarker ins Freibad zu mischen. Uwe, das ist der unterm Ende der Rutsche, der hinterm Baumstamm, der im Gebüsch, wo man nicht sein soll, weil da die Zecken sind.

Du lieber Himmel, bei den Adloffs geht es längst nicht mehr um die putzige Frage der Überbehütung, auch nicht darum, wie man sich im Ungewissen am besten einrichten könnte. Nein, es geht um den Haushalt der Kräfte, um einen bezahlbaren Preis für das Da.

Uwe, ich lerne ihn mit fünf beim Kindergeburtstag kennen, es ist dieses Gefühl der Anspannung und chronischen Aufgeregtheit, das sich mir einprägt. Wir wollen Kreiseln spielen, wir einigen uns auf sieben Drehungen linksherum, sieben rechtsherum; vor dreißig soll in jedem Fall Schluß sein. Uwe nickt, startet dann in einem Wahnsinnstempo aber etwas wie fünfzig Drehungen gegen die Uhr, knickt plötzlich ein, liegt vor mir auf der Wiese, den Blick starr nach oben gekehrt. Ausgeflogen? Verschwunden? Für immer?

»Wenn du gehst ...«, sagt Frau Adloff. Wir sitzen im Krankenhaus auf dem Stationsflur. Fabrichs, die Gastgebereltern, sind mitgekommen, auch meine Eltern sind da. Der Geburtstag ist abgebrochen. Einer der wenigen Momente ist das in meinen Kindheitserinnerungen, wo die Erwachsenen offen miteinander sprechen. Es kann keinen Hinterhalt mehr geben, denn sie wissen alle nicht weiter. Frau Adloff hat einen Artikel im *Stern* gelesen, über die Landjugend der Eifel und ihre samstäglichen Rasereien. Mit starrem Gesichtsausdruck deutet sie nun jenen Satz an, den die Bauersfrau hinten im Interview gesagt hat: »Manchmal hoffe ich, daß er auf dem Rückweg gegen einen Baum fährt ... damit ... ich mich nicht mehr um ihn sorgen muß und nachts wieder ruhig schlafen kann.« Auch Frau Fabrich hat den Artikel gelesen, sie kennt die Adloffs gut. Jetzt meint sie: »Man denkt wohl, bei Kindern würde sich die Frage nach dem Sinn nie stellen. Manchmal tut sie es doch.« Mein Vater spielt Empörung, er spielt sie aber so bewußt und so deutlich, daß ihn jeder durchschaut. Wenn du gehst, dann tu es jetzt.

Aber Uwe geht natürlich nicht, er kommt auch nicht zurück, er wird geholt. »Schwach, aber stabil.«

Freudentränen – kein neuer Anfang. Die Eltern nehmen weiter Distanz. Uwe, das scheint der Weg nach draußen zu sein. Wer sich in seine Nähe begibt, der kommt an eine Kreuzung. Auch ich bin es, der naiv Geliermittel in dieses Rätsel mixt. In Uwes Nähe, denke ich an seinem Krankenbett, da schweigen die Vögel. Es flüchten die Tiere. Es ist still, wie vor einem Erdbeben. Liebe Kinder, seid gewarnt.

Noch während der Grundschulzeit wird er öfters von der Polizei aufgegriffen. Er erscheint nicht mehr zum Unterricht. Herr Adloff besinnt sich eines anderen, er praktiziert nun klassische Verdrängung und legt einen Kellerraum mit einem Vorhängeschloß an, dessen Schlüssel er Tag und Nacht bei sich trägt. In diesen Raum kommt alles, was im Lauf der Zeit zum Symbol für Uwes Verschwinden geworden ist: Rudi der Bär, der Roller, das Fahrrad, die an Silvia verschenkten Schuhe, die Packung Frosties, die Unterlagen zum Stationsaufenthalt.

Immer häufiger gibt es Diskussionen mit den Herren in Grün. Uwes Geschichte ist ein schwarzes Schaf. Die Versuchung, sie auszugrenzen, ist groß, weil ihre Hauptfigur nicht plastischer, sondern undurchsichtiger wird. Uwe kommt in ein Heim für schwer erziehbare Kinder. Meine Mutter sagt: »Aber samstags ist er manchmal bei seinen Eltern.« Die Spur verliert sich.

Mit siebzehn steht er plötzlich bei Adloffs vor der Türe, strohblond, braungebrannt und sagt was sonst als: »Ich brauche Geld.« Bis nach Frankreich hat er es geschafft mit einem Kumpel, dort bei der Ernte geholfen, ist dann weiter gefahren nach Paris, ist beklaut worden, hat selber geklaut, erstklassige Klamotten stibitzt, ist mit dem Kumpel in ein Fünfsterne-Terrassenrestaurant, hat die Gänge gespachtelt und die Zeche geprellt, Streit bekommen über den Rest der Finanzen, ist ohne Fahrkarte in einen IC gestiegen und zwei Stationen vor Köln erst kontrolliert und des Zuges verwiesen worden. »Ich will nach Tibet, Mutter«, sagt Uwe jetzt. »Da will ich sein.«

Sein Kinderzimmer ist, wie es war. Der Schlüssel für das Kellerverlies ist aus Herrn Adloffs Hosentasche in die Dielenkommode gewandert; Frau Adloff hat ihn dort gefunden und Uwes Sachen allmählich wieder nach oben geholt. Aber die Einliegerwohnung, die Herr und Frau Adloff für Uwe ausbauen wollten, wurde an einen Studenten vermietet.

»Zwei Wochen Aufenthalt«, sagt Herr Adloff, »und keinen Pfennig.«

Beim ersten Frühstück fordert Uwe sein Spielzeug. Er sagt, er will die Sachen verkaufen.

»Es sind die letzten Erinnerungen an meinen Sohn«, sagt Frau Adloff.

»Es sind meine Sachen«, sagt Uwe.

»Lang verjährt, dein Besitz«, sagt Herr Adloff.

»Dann kaufe ich Uwe die Sachen ab«, schlägt Frau Adloff vor, »für die Hälfte des Preises.«

»Dem stimme ich nur zu, wenn das schriftlich gemacht wird«, sagt Herr Adloff.

Am Mittag kommt Frau Adloff zurück, und siehe, das Zimmer ist leer bis auf Bett, Tisch und Schrank. Uwe taucht erst gegen Abend auf. Er sagt, er hätte es sich anders überlegt, tut aber gleichzeitig, als sei nichts gewesen. Frau Adloff heult und hockt sich aufs Bett. Der Vater kommt nach Hause. Voller Wut liefert er das Stichwort:

»Wer so etwas tut, der ist nicht mein Sohn!«

»Und was«, schreit Uwe, »wenn ich es überhaupt nie war?!«

Das Mysterium bricht auf. Uwe kennt die Geschichte aus dem Krankenhaus. Als er einmal nach dem Kindergarten bei Fabrichs war, ist eine Andeutung gefallen. Seitdem trägt Uwe die Vermutung in sich, er könnte damals auf der Säuglingsstation vertauscht worden sein. Vor Tibet will er reinen Tisch. Er will den Vaterschaftstest. Herr Adloff stimmt zu. Frau Adloff fällt von einem Entsetzen ins nächste.

Bis zum Ergebnis des Tests lebt jeder im eigenen Niemandsland. Der Test fällt positiv aus; Vater und Sohn bringen das Ergebnis mit nach Hause. Erst jetzt bricht beim Vater die Kränkung auf: Was ist denn das für ein Familienverhältnis, wenn man einen Beweis dieser Größenordnung fordert, ihn offensichtlich braucht nach fast drei Jahren ohne Kontakt, um sich loszusagen? Uwe kommt sich vor wie in neuen Fesseln.

»Ich will reinen Tisch machen«, wiederholt er stur. »Ich will frei sein, klar den Schlußstrich ziehen!«

»Dann wirst du jetzt damit leben müssen, daß es diesen Schlußstrich nicht gibt!« Uwe stürzt vom Mittagstisch.

Eine halbe Stunde später geht der Vater nach oben. »Laß uns ein anderes Ende finden«, schlägt er vor. »Unter der Voraussetzung, daß du tatsächlich ein Ende willst. Wir haben die Möglichkeit zu einem anderen Ende. Nur Blut, Uwe, das bekommen wir beide nicht auseinander.«

»Dann gibt es kein Ende!«

»Sag mir, was deine Mutter und ich dir angetan haben, daß du so sehr diese Trennung willst!«

Uwe weiß es nicht. »Vielleicht habe ich ja Probleme mit Eltern überhaupt.«

»Aber andererseits brauchst du als Autorität einen Zettel, um dich von deinen Eltern loszusagen. Das zeigt doch nur, wie wenig erwachsen du bist.«

Uwe seufzt. Der Vater macht eine unschlüssige Geste. Uwe gesteht, daß er seit seiner Ankunft den Studenten im Auge hat. »Der paßt doch viel besser zu euch.«

»Na und?« meint der Vater. »Ist der deswegen unser Sohn?«

Am nächsten Morgen verschläft Uwe. Niemand hat ihn geweckt. Müde stolpert er ins Wohnzimmer. Herr und Frau Adloff sitzen beim Frühstück. Für Uwe ist kein Gedeck aufgelegt.

»Gut geschlafen?« fragt Herr Adloff. »Einfach durch, Kaffee ist in der Maschine!«

Uwe tappt in die Küche. Neben der Kaffeemaschine liegt ein Umschlag: »U. – Aufräumarbeiten. – DM 500,-.«

»Zähl's nach, ob's auch stimmt!«

Nebenan geht die Türe. Uwe schaut auf den Umschlag.

»Morgen, Jonas!«

»Morgen!«

»Erste Lernrunde beendet?«

»Danke. Die Theorie fluppte nur so!«

»Geh' dir 'n Kaffee holen. Der Dings hat seinen letzten Tag, ist auch in der Küche.«

Jonas ist schlank. Hinter dem schwarzen Brillengestell dämmern dunkle Augen. Uwe reißt den Umschlag auf.

»Du bist der Typ mit Tibet, oder?«

Fünfhundert. Uwe nickt. Herrn Adloffs Laune scheint durch nichts zu trüben. »Endlich bekommt meine Frau ihr Nähzimmer!«

Geräusch. Frau Adloff sucht ihre Sachen für den Einkauf. Uwe steckt das Geld fort, bleibt aber in der Küche. Mit seinem Kaffeepott zieht Jonas an ihm vorüber. Vom Türrahmen kommt: »Dann mal gute Reise. Schon gepackt?«

Es gibt ja nicht viel.

»Geld stimmt«, sagt Uwe, und ist auf dem Weg nach oben.

Mit der Tasche wieder runter. Herr Adloff sitzt noch am Frühstückstisch. Er liest Zeitung. ›Was arbeitet der Mann?‹ denkt Uwe. Er bleibt stehen, halb erleichtert, halb verdutzt, daß er diesen Gedanken jetzt hat.

»Die Tür bitte kräftig zuziehn!«

Noch was?

Uwe geht nach draußen. Er zieht die Tür zu. Auf dem Plattenweg sieht er seine Mutter. Sie ist zurückgekommen, in letzter Sekunde. Scheinbar blicklos geht sie an ihm vorbei auf das Haus zu.

# Eine ganz normale Klasse

Es war eine Einladung der dritten Art. *Hey Du, ja, genau Du, (Name eingesetzt), gehörst Du auch zu den Durchgestylten, den Schönen? Geht Dich überhaupt nix an, geht alles, was nicht in Deinen Fünf-Grad-Blickwinkel paßt, an Dir vorbei, oder tust Du nur so? Wo heulst Du Dich aus, wenn's Dir mal schlecht geht? Oder spuckst Du alles regelmäßig ins Klo? Hast Du mal überlegt, was Dir durch Deine ach so arrogante Art verloren geht? Glaub es oder nicht: Du bist eingeladen! Es gibt ein Jenseits von Kickers und Halstüchern, von Bud Spencer und Star Wars! Oder möchtest Du enden wie Dein Vater – in so einer stinkegewöhnlichen Midlife-Crisis? Oder wie Deine Mutter – als resignierte Hausfrau (»Sie ist vierzig ...«). Im Gegensatz zu Euch können bei uns alle mitmachen! Jeder und jede ist eingeladen! Denk über Dich nach! Ja, Du, Du (nochmal der Name), bist gemeint! Drück Dich nicht, sieh in den Spiegel! Viele Grüße – Das Leben*

Der Brief war am Freitag nachmittag abgestempelt worden. Am Samstag hatte er die meisten erreicht. Er war mit einer neueren, mechanischen Schreibmaschine getippt und dann vervielfältigt. Der Name war ebenfalls mit der Maschine eingefügt, mit ihr auch die Adresse auf den Umschlag geschrieben. Absendeort: Bonner Hauptpost. Absender: DAS LEBEN – DIREKT NEBENAN.

Bis zur ersten Pause traute sich niemand. Dann begann es zu zischeln. Hatte jeder von uns ... ? Nein, hatte nicht. Wie man erlauschen konnte, waren es zwölf, vielleicht fünfzehn. Ein gezielter Angriff. In der vierten Stunde hatten wir Sport bei unserem Klassenlehrer

Herrn Prinz. Schwupp – ein Exemplar des Briefes landete bei ihm in der Umkleidekammer. Der Unterricht startete zehn Minuten zu spät. Zwei Minuten vor Schluß folgte eine Ansage: Erdkunde in der sechsten fiele aus, statt dessen gebe es eine Orientierungsstunde.

Also, am Anfang der sechsten: Tische an den Rand, Stühle zum großen Kreis!

»Einige von Euch wissen vielleicht schon oder haben vielleicht ...« – tja, wie redete man über so etwas? Mike, unser Star, saß mit seinen Spezies Alexander und Martin Eins Herrn Prinz gegenüber. Alle drei hatten ihre Kickers weit von sich gestreckt.

»Mike, vielleicht kannst du ja mal, ...«

»... iich? Wieso denn ich?! Soll das jetzt besonders was mit mir zu tun haben? Oder was?«

Stefanie lehnte sich vor. »Also, ich find' schon, daß es was mit denen zu tun hat, die den Brief bekommen haben. Ich find' die Auswahl auch irgendwie gerecht.«

»Kann man ja leicht sagen, wenn man nicht dazugehört!«

»Irrtum, Mike, ich gehör' dazu. Bei uns stimmt was nicht.«

Mikes Kickers rutschten ein paar Zentimeter zur Seite. Das war das Zeichen für Alexander.

»... finde ganz persönlich, vor allen Dingen sollte mal über den geredet werden, der diesen Brief geschrieben hat. Find' ich voll wichtig. Was ist denn das für einer?«

»Wer hat den Brief denn geschrieben?«

»Wer hat den Brief denn *bekommen*?«

»Die's was angeht, die wissen das ja wohl!« Christiane. Sie sah zu Stefanie. »Jedenfalls denk' ich, daß es keine von uns Mädchen war.«

»Die ihn geschrieben hat oder bekommen?«

»Die ihn geschrieben hat! Is' ja wohl logisch! Stefanie hat doch einen.«

»Udo, was meinst du?« fragte Herr Prinz.

»Ha'm denn alle sicher denselben Brief bekommen?«

»Also ich ...« – Martin Eins nahm den Arm von Mikes Stuhllehne – »... ich schlag mal vor, so ganz unverbindlich als Sprecher für diejenigen, die damit gemeint sein könnten – ich sag deswegen auch bewußt könnten –, daß also derjenige, der mit unserm Verhalten hier nicht einverstanden ist, es uns in der nächsten Minute deutlich sagt. Weil, jetzt labern wir hier rum, und ich mein', wir beißen doch nicht ...«

»Nicht? Ich dachte, ihr beißt sofort und jeden!«

»Mach den Selbsttest, Ulli! Hab ich dich je gebissen?«

»Na gut, dann will ich speziell mal nicht so sein. Ich find' den Brief nämlich gar nicht so schlecht. Nicht nur die richtigen Leute ausgesucht, wie Steffi sagt, sondern auch clever geschrieben. So wie's da steht isses. Und da is' ganz egal, ob wir nun was dran ändern wollen oder nicht. Und auch, ob wir was dran ändern können oder nicht.«

»Dann war das jetzt 'n Geständnis. Na klasse!«

»Nö, war es keins!«

Herr Prinz schaltete sich wieder ein. »Ulli, du brauchst hier ja keine Namen zu nennen, aber ich meine, weißt du denn persönlich, wer den Brief geschrieben hat?«

»Sag ich doch gerade, weiß ich nicht! Und ich weiß auch gar nicht, was das jetzt mit meiner Meinung zu tun haben soll! Ich find' den gut, den Brief, ganz einfach, ich hätt' das selbst gar nicht so hinbekommen, den so zu schreiben.«

»Andere Meinungen?«

»Also, ich find' ja irgendwie ...«

... und so weiter, und so weiter,
plätscher-plätscher,
ringel-ringel,
klingel-klingel,
zwölf nach eins ...

R. S. V. P. – welch exquisite Karte! Jetzt gehörte auch ich
zu den Auserwählten. *Lieber Jakob, die Ereignisse und
Diskussionen der letzten Tage werden Dir gezeigt
haben, daß die Stärkeren nicht immer (und unbedingt)
die Stärkeren sind. Mehr noch, Du – und ein paar andere – sind während der letzten Wochen einer besonders
eingehenden Prüfung unterzogen worden. Wie Dir
möglicherweise aufgefallen ist, teilt sich die 9a derzeit in
einen Star nebst zwei Vertrauten, vier engere Mitläufer,
drei, die zum weiteren Kreis gehören, ungefähr 40%
Gleichgültige, sechs Außenseiter und – DIE GRAUE
EMINENZ. Du kannst Dir gratulieren: Den Untersu-
chungen zufolge gehörst Du zur letzteren, bei soziody-
namischen Prozessen hochwichtigen Gruppe. Sie hat in
der 9a insgesamt vier Mitglieder, und ich finde, diese
sollten sich genauer kennenlernen. Falls es Dir nicht
ohnehin dämmert: Bei mir handelt es sich um den
Schreiber des Briefes, durch den die Ereignisse und Diskussionen der letzten Wochen ausgelöst worden sind.
Wie wäre es, Du kämst am Donnerstag gegen 16 Uhr
auf die Kronprinzenstraße? Alles weitere dann – Victor*

Victor empfing mich im Bademantel. Seine Eltern waren verspätete Fans von Summerhill; Victor war in jeder
Hinsicht ein bißchen durchgeknallt, und deswegen

hätte ich ihm die brillante Sprache der beiden Postsendungen auch nie zugetraut. Wie man sich täuschen kann. Wir gingen nach oben ins Dachgeschoß. Oliver und Martin Zwo waren schon da.

»Hi«, meinte ich, »dann ist die Runde ja komplett.«

Victor zog die Vorhänge zu und schaltete zwei Leselämpchen ein. Es gab Kaffee und holländische Plätzchen. Mit einem schwarzen Becher in der Hand begann der Gastgeber vor uns auf und ab zu gehen.

»Also, Leute, die Forschung ist ja bekanntlich frei, und alle Ergebnisse, die ich nun präsentieren werde, übergebe ich euch zur gewissenhaften sowie eigenständigen Prüfung. Vorab bloß ein Tip: Wenn ihr Literatur zu dem Thema sucht, geht nicht in die Stadtbücherei Godesberg. Da gibt es bloß Schund, nix und nochmal nix. Fahrt besser nach Bonn, macht euch das bißchen Mühe, und ihr werdet reich belohnt. – Zur Sache: Es geht hier einerseits um ein Soziogramm, das ich euch in der Einladungskarte zu diesem Nachmittag bereits skizziert habe. Also platt ausgedrückt, es geht um die Strukturformel der 9a in punkto zwischenmenschliche Beziehungen. Ihr habt die Karte bekommen und gelesen; ich setze die Formel als im groben bekannt voraus. Wichtig ist mir ein Zusatz zur GRAUEN EMINENZ: Ihr Name und ihre Besonderheit ergibt sich aus der Fähigkeit ihrer Mitglieder, den Star in seinen Wertfestlegungen beeinflussen, ihn sozial stärken oder schwächen zu können. Konkret: Bei Martin Zwo holt Mike sich gern seine Plattentips ab. Oliver steht für Kleiderfragen. Jakob, zu dir komme ich später. – Was ich nicht auf der Karte gebracht habe, sind die Ergebnisse zum weiblichen Geschlecht. Wie agieren unsere Mädels? Im allgemeinen gilt, daß auch hier alle Kategorien vertreten sind, beginnen wir oben: Wer ist der weibliche Star der 9a?«

»Sandra Voigt«, meinte Oliver gelassen.

»Deckt sich mit meinen Ergebnissen. Warum ist sie es?«

»Sieht am besten aus«, meinte Martin Zwo, »und wird deswegen allgemein gemocht.«

»Macht Ballett«, fügte ich hinzu. »Ihre Eltern haben das dicke Geld. Dafür bewundern sie viele, beneiden sie aber auch.«

»Fehlt noch ...«

»... daß Mike, der männliche Star, hinter ihr her ist.«

Victor zeigte sich begeistert. Er schenkte Kaffee nach. Außerdem bot er Zigaretten an, um rauchend fortzufahren. »Der Rest der Ergebnisse auf femininer Seite ist für unsere Zwecke uninteressant. Kommen wir also zum zweiten Aspekt: Zwischenmenschliche Beziehungen sind ihrem Wesen nach dynamisch, auch wenn sie manchmal nicht so wirken, das heißt also *statisch erscheinen*. Das Bewußtsein für ihre Dynamik kann jedoch durch bestimmte Aktionen wiederhergestellt werden. In unserem Fall wurde dies – wie zumindest ich meine – durch meinen anfänglichen Brief bereits erfolgreich initiiert. Besonders im Anschluß an eine solche Aktion hat dann die GRAUE EMINENZ, haben also wir, anhand der Beeinflussung des Stars die Möglichkeit, die Strukturformel der Gruppe, unserer 9a, in ihrer Gesamtausprägung neu zu gestalten ...«

»Aber wollen wir das?« fragte Martin Zwo.

»Danke für das richtige Stichwort im richtigen Moment!« Viktor ließ seine Kippe im Aschenbecher verschwinden. Er öffnete eine Schranktür. »Meine Herren, Sie sehen hier die materielle Komponente von an-derthalb-jäh-riger Freizeitarbeit!« Er zeigte auf ein Dutzend daumendicker Kladden. »Ich betone in diesem Zusammenhang nochmals meine pure wissenschaftliche Grundeinstellung. Ihnen, meine Herren, überlasse ich gern die Zielsetzung für unser Projekt. Empfehlenswert erscheint mir lediglich eine basisdemokratische Einigungsweise, und dies unter Zuhilfenahme des klassischen, an aufklärerischer Rationalität orientierten Dialoges.«

Oliver sah zu Martin Zwo hinüber. »Versteh' ich nicht.«

»Naja«, meinte Martin Zwo, »wir sollen halt entscheiden, was gemacht wird, und er sagt uns dann, ob oder wie das geht.«

»Hervorragend reformuliert!« Viktor klatschte in die Hände. »Ich komme zuletzt zu einer möglichen Aufgabe von Jakob. Zu fünfundachtzig Prozent gesichert scheint mir die Erkenntnis, daß insbesondere er die Chance hat, zur Grauen Eminenz unseres weiblichen Stars Sandra Voigt aufzusteigen. Platt gesagt: Sandra beneidet ihn um seine guten Noten. Differenziert ausgedrückt: Was Sandra im Bereich des klassischen Balletts noch verwirklichen *möchte*, ist von Jakob im schulischen Bereich bereits *verwirklicht worden*. Ein Gefälle dieser Art kann mit geringem Aufwand zum Zweck der Infiltration ausgenutzt werden. Sofern dies für unsere Anliegen also erforderlich sein wird ...«

»Also, daß der Jakob deswegen was mit Sandra anfängt, da wär' ich gegen«, konterte Oliver. Victor schloß die Türe des Schranks und griff auf das Möbel. Vor unseren Augen entrollte sich ein leerer A2-Bogen. Aus seiner Bademanteltasche zog Victor ein paar Edding-Stifte.

»Der Aufbau eines intimen Verhältnisses, wenn es das ist, was du meinst, scheint mir gar nicht nötig.«

»Braver Jakob ... wir wollen ihn ja nicht seiner Unschuld berauben ...« Martin Zwo griff zur Kanne. »Aber wie wär's, wir würden verhindern, daß Sandra und Mike zusammenkommen?«

»Möglichkeit eins.« Auf dem Bogen erschienen in Schwarz die Namen. Zwischen ihnen wurde ein roter Strich gezogen.

»Außerdem find ich, ist Mike als Star mittlerweile langweilig«, meinte Oliver. »Wir könnten doch dafür sorgen, daß er von Alexander abgelöst wird.«

Neben ›Mike‹ erschien ›Alexander‹. Von ihm wanderte ein blaugestrichelter Pfeil über Mike. Dort setzte ein Weisungspfeil nach unten an.

»Meinst du so?« fragte Victor.

Oliver packte das Feuer. »Ich finde, wir sollten ehrgeiziger sein. Warum nicht Mike, um's offen zu sagen, ganz verschwinden lassen?«

»Also so?« ›Mike‹ wurde rot durchkreuzt. »Wir werden ihn selbstverständlich nicht umbringen«, fügte Victor hinzu. »Die rote Durchkreuzung steht lediglich für den sozialen Tod in der Gruppe. Jakob, was findest du?«

»Ich bin dabei. Die Kickers sollten auch weg. Genauso die Tücher um den Hals. Die Mode ändert sich, und wir sind ... na, eine ganz normale Klasse ...«

»Impliziert deine Forderung, daß wir im Verdeckten handeln?«

»Von offener Revolution bin ich kein Fan. Und ich denke auch, dafür sind wir zu wenige.«

»Wir sind aber auch keine Terroristen«, meinte Martin Zwo. »Wir arbeiten absolut legal.«

Die Aufgaben wurden verteilt. Oliver sollte bei Alexander und den weiteren Mitläufern Gerüchte über ein Ende der Kickers-Dynastie streuen. Martin Zwo würde in punkto Pop-Gruppen eine Parallelaktion starten. An mir blieb es, Sandras Blicke von unserem Star abzulenken. Was Mikes Durchkreuzung anging, würden wir auf eine noch unbestimmte Gelegenheit warten. Sobald sich diese bot und einer von uns sie erkannte, würde er aufstehen und die rechte Hand heben ...

Sandra faszinierte mich. Auch unabhängig von meinem Auftrag hätte ich mich gern einmal direkt und länger mit ihr unterhalten. Aber aus dem Schatten heraustreten? Gerade ich war es ja, der sich für eine Arbeit im Verdeckten stark gemacht hatte. Martin Zwo und Oliver hatten mit ihrem Teil schon begonnen. War man aufmerksam, dann konnte man sehen, wie es allmählich bröckelte. Immer häufiger mußte Mike gegen Alexander und Martin Eins argumentieren. Gesten der Heftigkeit in den großen Pausen ...

Eines Sonntags entwarf ich schließlich einen anonymen Brief. Spontan war mir die Idee dazu gekommen. Doch von dem Inhalt war ich wenig überzeugt, weshalb ich mit dem Entwurf zu Victor ging. Der lachte anerkennend, als er las. In einer halben Stunde brachten wir alles in Form:

*My Fair Lady,*

*auf die Alten hört man nicht gern, und nun gehe ich schon bald auf die Siebzig zu, möchte Ihnen aber doch einen Rat mit auf Ihren Weg geben. Während der letzten Ermittlungen am Tatort ist sowohl Dr. Watson als auch mir aufgefallen, daß Sie gelegentlich einem Blondling (welcher vornamensidentisch ist mit jener bekann-*

ten Lächerlichkeit Krüger) einen Blick zuwerfen, wie man so schön und vermeintlich unschuldig sagt. Ein Fall wie der Ihre wäre aber zu tiefgehend und auch zu niederschmetternd, als daß selbst unsere versierte Detektei Sie daraus wieder hinaufklären könnte. Wir hoffen also, Sie haben nicht mit ihm getanzt heut' nacht, Sie werden es nicht morgen tun und auch nicht übermorgen. Seien Sie lieber herzlich gewarnt. Es würde Ihnen nicht guttun

Ihr
(gez.) Sherlock Holmes

Wieder zu Hause tippte ich das mit der elektrischen Schreibmaschine meines Vaters ab. Es folgte Sandras Name und ihre Adresse auf einem gefütterten Umschlag. Abends gingen wir in Bonn aus essen. Dort warf ich den Brief in einen Kasten.

Das Irrationale regte sich. So wenig mir die Warnung bis jetzt gefallen hatte, so sehr tat sie es in den darauffolgenden Tagen. Einfach Spitze. Aber wie sollte Sandra herausfinden, wer sich hinter dem genialen Londoner Meisterdetektiv verbarg?

Zu gut hatte ich meine Spur verdeckt. Diese Seite an mir würde sie nie kennenlernen. In der Physikstunde, die im Versuchsraum stattfand, saß Sandra schräg hinter mir. Zwei Wochen nach dem Sonntag hielt ich es nicht mehr aus und schrieb ihr ein Briefchen: »Wer ist S.H.?« Zurück kam: »Victor«. Ich schrieb: »Victor ist Dr. Watson.« Zurück kam: »Falsch. Victor ist Holmes.«

»Wieso?« fragte ich sie nach der Stunde.

»Er hat es mir gesagt, als ich ihn gefragt habe.« Also dahin lief der Hase. Hätte ich nicht gedacht. »Und weshalb weißt du davon?« fragte Sandra. »Bist du etwa Dr. Watson?«

»Nein, ich bin es, der den Brief geschrieben hat. Ernsthaft. Wenn du mir nicht glaubst, dann bringe ich dir morgen eine Schriftprobe. Er ist mit der Maschine meines Vaters getippt.«

Die Probe überzeugte Sandra. »Mies von Victor!« meinte sie.

»Finde ich auch.«

»Und was soll das Ganze?«

»Könnten wir uns mal treffen? Dann erkläre ich es dir.«

»Das hättest du wohl gern! Wenn ich jetzt ja sage, dann denkst du bestimmt das Falsche!«

»Und wenn ich es nicht tu'?«

»Dann weißt du vielleicht etwas über den ersten Brief?«

»Ein bißchen ...«

»Gut, dann komm' mich morgen nachmittag abholen. An der Ballettschule neben dem Busbahnhof. Um viertel nach vier.«

Wir gingen ins Insel-Café. Das Durchschnittsalter lag im Jenseits von uns, und ein romantisches Gefühl war ungefähr so möglich wie ein blühendes Leben unter dem Deckel eines Eichensargs. Sandra hatte vorgesorgt. Sie lud mich ein, sie bestellte, ihre Fragen kamen schnell und gezielt. Als sie zum Kern unseres Planes vordrang, lachte sie hämisch.

»Um Mike geht es euch? Den könnt ihr haben. Ein Schwächling. Ein Schwätzer.«

»Hätte keiner von uns geglaubt, daß du so denkst. Echt nicht.«

»Tja, immer nur glotzen und bewundern. Aber ihr habt halt null Ahnung, ganz wie der Rest. Na, wenigstens verschwört ihr euch. Habt ihr Langeweile?«

Ich hob die Schultern.

»Und bei dem Holmes-Brief, ist da wirklich jedes Wort von dir?«

»Ja, schon.«

»Dann tut es mir leid, wenn ich jetzt nicht nett bin. Mit so was vergeudest du dein Talent. Über lang wirst du reif sein für den Abgrund.«

Das letzte Stück Kuchen verschwand im Mund. Die Gabel wurde beiseite gelegt. Die Audienz war zu Ende.

Der Sommer und der Abschluß des Halbjahres kamen. Unsere Schule war demokratisch orientiert; bei der Notenvergabe hatten die Schüler ein Mitspracherecht. Man gab einen Vorschlag ab, der vom jeweiligen Lehrer kommentiert wurde. Dann wurde das Ergebnis zur allgemeinen Diskussion gestellt, und dann erst fiel die Entscheidung.

Chemie in der fünften. Herr Block hatte seine Kommentare ohne nennenswerten Widerstand bis zum ›S‹ vorangebracht. Zwei Drittel der Klasse dösten.

»Mike Schmelzer, du hast glatt vier vorgeschlagen, da liegen wir nicht weit auseinander. Kannst du mit einer Vier minus leben?«

»Och, Herr Block, nun sei'n Se doch nich' so! Es gab ja schon kein Hitzefrei!«

»Dann ist das aber ein äußerst wohlwollender Kredit für's nächste Jahr. Einverstanden?«

»Danke, Sir! Ich wußte, auf Sie ist Verlaß!«

»Maximilian Schobert ...«

»Augenblickchen!« Victor stand im Raum, er hatte

die rechte Hand gehoben. »Hält wirklich jeder die Beurteilung von Mike für gerecht?«

»Victor, sag mal spinnst du? Der bleibt doch sonst hängen!« Claudia zeigte ihm einen Vogel. Wie auf Kommando zogen sich Oliver, Martin Zwo und ich in die Höhe. Martin Zwo:

»Offen gesagt, nein. Christina hat, wenn ich mich richtig erinnere, im letzten Vierteljahr ein Referat gehalten. Trotzdem hat sie nur eine Vier minus bekommen.«

»Ja, aber das Referat war ja auch nur vier minus«, meinte Herr Block.

»Mike hat aber nicht mal eines gehalten.« Martin Zwo warf einen vielsagenden Blick zu Alexander herüber.

»Wie sehen es die anderen?«

»Na Sie, Herr Block, waren ja bei all Ihrer Herzensgüte auch schon bei Vier minus!«

Christiane, was für ein hilfreiches Wunder! Oliver hob die Hand.

»Dann sehen wir uns zur Klarstellung vielleicht mal jene an, die heute von Ihnen mit einer Vier minus bedacht worden sind. Peter – bis zum Wonnemonat Mai ein Leben im Passiv, aber dann ist er aufgewacht. Nennen wir's Torschlußpanik-Organik, aber geben wir zu: Zuletzt ist er aufgewacht!«

Ich hob die Hand. Martin Eins gähnte. Mike war fassungslos.

»Ja, Mensch Leute! Kapiert ihr denn nicht, um was es hier für mich geht?!«

»Kapieren wir, Mike«, begann ich. »Aber mir persönlich geht es weniger um eine sattmachende Extrawurst, als vielmehr darum, daß gerecht beurteilt wird. Stefanie – sie gibt immer falsche Antworten, aber sie ist bemüht. Das kann man von dir nicht behaupten ...«

»Okaay«, höhnte Mike, »dann hock' ich halt auf meiner Vier miienus ...«

Sandra meldete sich zu Wort. Wir trauten unseren Ohren kaum.

»Herr Block, ich finde, der Mike vergeudet hier sein Talent!«

»Ja, eh, Talent nennst du das ... Dann mach doch mal 'nen gerechten Vorschlag.«

»Glatt fünf.«

Martin Eins räkelte sich und begann zu knurren. »Blöckchen, sei ein Netter, gibt dem Mike 'ne Fünf plus!«

»Also, wenn ich das richtig sehe, so zwischen Fünf und Fünf plus siedelt ihr den an ...«

»Warum denn nicht gleich Drei! Wenn schon Extrawurst, dann bitte mit Ketchup und Mayo!« Victor – allgemeines Gelächter.

»Also gut, glatt Fünf. Ist das nun das einhellige Urteil?« Totenstille.

»Kommen wir zu Max Schobert ...«


Buddies pro forma. Auf dem Gang warteten Alex, Martin Eins und Mike. Mikes Wut konzentrierte sich auf Victor. Wir verlangsamten die Schritte. Bis zur Tür in den Korridor waren es drei Meter. »Mike«, meinte Alex, »Noten sind nicht die Welt.« Blitzschnell erfolgte der Angriff. Victors Tasche landete auf dem Boden, die Hefte purzelten. Doch das war alles. Alex und Martin Eins hielten Mike gepackt. Victor sammelte auf, dann gingen wir weiter zum Ausgang.

In den Sommerferien bekam ich eine Karte von Sandra. Sie entschuldigte sich. Sie sei bloß wütend gewesen auf mich wegen der Unterstellung mit Mike. Ob ich ein schlechtes Gewissen hätte?

Ich hatte keines.

Aber Victor, als wir uns das nächste Mal trafen.

»Wegen so 'nem sozialwissenschaftlichen Experiment«, legte er los, »da klaust du jemand anderem einfach mal flott ein Jahr seines Lebens. Und siehe, Simsalabim, es funktioniert! Nur, war es die Erkenntnis auch wert?«

»Wir haben uns an die eigenen Regeln gehalten, wir haben gerecht gehandelt«, sagte ich trocken.

»Na, meinst du das etwa ernst?! Da wirst du aber später mal einer von den ganz super Harten! Gehobenes Management als Fernziel, oder was?«

Wir stritten noch eine ganze Weile, ohne uns einigen zu können. Doch dann sprachen wir nie mehr über die Sache.

# Sweet Harmony

Sie machte Schluß und nahm mein Buch mit. Bis heute entstehen für mich so Fragmente, Koller, Klischees. Als sie am Telefon ihren Namen sagte, war schon alles verraten. »Was ist?!« preßte ich in den Hörer. Unruhige Schritte hinter ihr. »Kannst du dir denken ... Stefan.« Er war bei uns eingezogen. Weiter nur, weiter, raus jetzt: Daß du mich immer allein läßt. Daß du bei deiner Arbeit keine Kompromissse kennst. Daß du nicht abschalten kannst. Laß mir die Affäre, wenigstens bis du fertig bist. *Du* betrügst *mich!*

Auf zwei Liederabenden waren sie gewesen, ganz wie wir am Anfang. Ich hatte es gesehen, doch übersehen. Ende, Zeitenwende. Buchstabensuppe auf dem Schreibtisch verstreut. Frau Wolfrath mußte verstehen, daß ihr stilles Eifel-Paradies nun keines mehr für mich war. Nach einer dreiviertel Stunde verstand sie. Auch. Sogar. Das.

Illustrierten-Expreß-Trost: Ist Rache nun süß? Also, wenn hier jemand Schluß macht, dann bin es zu mindestens fünfzig Prozent ich. (Drei Minuspunkte für nicht akzeptierte Kränkung, aber die beiden sind übers Wochenende nach Berlin.) Zurück in die Wohnung, alles zusammengerafft, was meines ist. Angerufen bei einer Spedition: Ja, Lagerung, sagen wir: sechzig Tage. Die Sachen bringe ich noch am selben Tag vorbei. Angerufen beim Vermieter: Kündigung unter Vorbehalt. Auf den Tisch einen Zettel: Die nächste Miethälfte wird noch von mir gezahlt. Danach seid Ihr dran.

Heut' denke ich: Der Kerl ist ausgetickt. Aber damals – sie hatte mein Buch ermordet. Im Vaterleib. Illufazit: Besser mit dem Verlust kommt klar, wer die Sache nach draußen trägt. Klingt wie: Lindgrün beruhigt. Lindgrün war meine Schreibunterlage. Aber auch saftige Wiesenhänge sind es, zum Beispiel. Also, da es aus war mit dem Schreiben, dem Buch: Es lockten die Hügel von Wales.

Cardiff, die Hauptstadt von Wales, ist ästhetisch ein Keulenschlag. Man plöppt in einen grausehäßlichen Busbahnhof, stolpert den Verkehr entlang in die Innenstadt, an deren Rand wie ein Disney-Relikt das Schloß aufragt. Schön ist höchstens dessen Park, in dem ich die ersten Tage zeichnend mit einem Satz Bleistiften und einer Kladde verbrachte. Vor Abreise hatte ich Andrea angerufen, die in Cardiff an der Kunstkademie studierte. Ob ich kommen und sie ein oder zweimal besuchen könnte, nur so, um ein Ziel zu haben? Andrea freute sich. Aber trotzdem stand ich selten so außen vor wie jetzt.

Es war schon jedes Mal ein kleines Wunder, wenn etwas funktionierte. Wenn ich in London den Weg vom Hyde-Park nach Central fand, wo der Überlandbus nach Cardiff abfuhr. Wenn am Fahrkartenschalter mein vorbestelltes Ticket bereitlag. Wenn es auf der Fahrt für die unverschämte Summe von drei Pfund fünfundsechzig ein halbes Sandwich und einen Pappbecher mit Lipton-Tee gab. (Ich zahlte, *aber* ich bekam auch etwas dafür.)

Zeichnen, weil mir die Worte fehlten. Ein Herbststurm fegte über Cardiff hinweg; doch in den Tagen zuvor hatte sich der Park meinem inneren Auge eingeprägt. Nach dem Unwetter sah ich dann nur noch, was fehlte, was weg war: Fortgerissene Äste, abgeknickte Baumkronen, hier oder da ein eingedrücktes Stück Busch. Einleitung der Wende, dachte ich. Die Lücke, der Verlust, ist geschlagen, ich lerne, sie zu sehen. Vorerst am Fremden, am Äußeren, damit es mir nicht so weh tut.

*But ... the Empire strikes back.* Als ich nach gut einer Woche Andrea besuchen wollte, war sie trotz Verabredung nicht zu Hause. Statt dessen traf ich einen stämmigen Briten mit einer Tropfenbrille. »You know who I am?« Es war Steve, Andreas Mann. »Want a cup of tea?« Zufolge Andra war er verreist; doch Steve entrollte mir eine andere Geschichte. Vor einem Jahr hatten beide geheiratet. Das Glück hatte sich bald in Enttäuschung gewandelt, und nun wollte Andrea sich scheiden lassen. Von den beiden Elternpaaren bestens versorgt, von dem ihren die Möbel, von dem seinen das Darlehen fürs Haus, aber all das mit vierundzwanzig, neben dem Studium an der Akademie, das war für Andrea zuviel. Steve hatte sich angekündigt, er wollte seine Sachen holen. Ziemlich aufgelöst stand er nun in den Überresten seines Glücks. Andrea, sagte er, wollte ihn nicht einmal mehr sehen, sie war stiften gegangen.

Vor meinem Auge rückte erst Andrea, dann Steve in eine weite Ferne. Das war zu ähnlich, ein Echo meiner eigenen Katastrophe, ein gewaltiger Widerhall, eine zweite Detonation. Nicht Steve, sondern mir passierte in diesem Moment alles dies. Ich stammelte eine Entschuldigung, wünschte Steve alles Gute, taumelte aus dem Haus, aus der Iron Street, um in Windeseile auf einen Bus in die Innenstadt zu springen.

Die grünen Hügel. In der Bahnhofsbuchhandlung fand ich die Broschüre zu einer Route, die von Cardiff bis hinauf zum Snowdon führte. *The Cambrian Way.* Am nächsten Morgen bei strömendem Regen stapfte ich los.

Von den Wochen der Wanderung weiß ich fast nichts mehr, nur Sätze. Nach den ersten zehn Kilometern kam mir ein Arbeiter mit seinem Hund entgegen. Es schüttete noch immer, niemand außer uns war unterwegs, und der Mann sagte bloß: »Brave boy!« – Am zweiten Tag verfranste ich mich, rannte auf der Suche nach irgendeinem »Fawr« dreimal an einem schwarzen BMW vorbei, bis der Wagen schließlich hielt, eine schwarzhaarige Frau ausstieg und fragte, wohin ich denn wollte. »Young man, and please remind for the future: Whenever you see a big black car with a black-haired woman in, you may ask!« – Mrs. Jones, Bed and Breakfast: »Be careful today, the Lilly comes up!« An ein Unwetter dachte ich zwar, aber eher an eine niedliche Walliser Spezialität, gegen die ich meine Verzweiflung weiter auskämpfen konnte. Am Abend, geschlagen vom Hurrikan, stand ich wieder vor Mrs. Jones: »You're sopping wet.« – Nationalpark, und ganz wie mein Spiegelbild verschwimmt auch mein Ich im Fluß. Es bleiben die notierten Sätze, es bleibt die gestellte Schrift.

Im Gebirge gerate ich erneut in Verwirrung, in Nebel, es retten mich Granitsteine mit Buchstaben drauf (glaube ich), und in Swansea breche ich ab. »Das nächste Mal mache ich die Wanderung als Wanderung, nicht als Windmühlenkampf«, denke ich im Zug, auf dem Rückweg nach London.


*Sweet Harmony*, wo ich das nur herhab'! Aber, wie auch die Sätze, steht es im Tagebuch. *Sweet Harmony*, das möge bedeuten: Ein Stück Mut, um das Ende zu lassen, wie es ist. Andrea nicht geschrieben, in eine andere Stadt gezogen, doch immer noch gibt es nachts Träume, in denen sich mein Kopf selbsttätig aus dem Fenster wirft. Da ist etwas in mir, das will unbedingt auf den Müll. Kerzengerade sitze ich im Bett, natürlich mit Kopf, und suche, was geflogen ist, auf der Straße, draußen im Neonlicht.

Es hilft nichts. *Sweet Harmony*, das bedeutet im Voranschreiten der Zeit: Das Alphabet neu finden müssen, die Wörter, den Mikrokosmos der eigenen Sprache. Die mitgebrachten Sätze in die Keimschale legen und drumherum neu Deutsch züchten. Das tote Buch beerdigen. Ein Schließfach mieten, dessen Innenschatulle klein ist wie ein Kindersarg. Ich sollte die Bankfachfrau fragen, ob man das Ding weiß streichen darf. Das Manuskript dort deponieren, den Schlüssel zerstören, die Miete per Lastschrift einziehen lassen auf mindestens dreißig Jahre. Heilung ist, wenn man weiß, wo die Leiche liegt. Nicht zu Hause. Nummer einhundertneunzehn. Steht für: 11. September. Mehr darf nicht auf die Klappe.

# Die eiserne Leserin

Ungefähr mit zwanzig entwickelte ich eine Zeitlang die Auffassung, daß es für einen Schriftsteller etwas Schreckliches sein müsse, ohne zumindest einen gewieften Leser zu sein. Ausgelöst hatte das ein Zitat von Nils Bohr, dem Nobelpreisträger für Physik 1975: »Was ist der Buchstabe für die Büchermade?« Nur für den alphabetisch Ausgebildeten waren a, b und c lesbare Zeichen, und nur für den belletristisch Bewanderten konnte ein Text zu einem sinnvollen Teil des literarischen Geflechtes werden, der verschriftlichten Tradition unseres Denkens, Fühlens und Handelns. Nur dieser Eingeweihte würde beurteilen können, ob ein neu hinzugekommener Text die Literatur weiterbrachte, ob er es nicht tat, ob er in die richtige Richtung wies oder auf Abwege führte. Nur ein solcher Experte konnte ein Wegweiser sein.

Diesen Menschen zu finden, das war für mich die Schwierigkeit jener Zeit. Und lebte ich noch heute in Godesberg, ich hätte sie nach wie vor. Das liegt an mir: Bis zum heutigen Tage ist mir nämlich nicht klar, was in den Augen des Godesbergers, des Bonners, des Rheinländers gute Literatur genau ausmacht. Oder den guten Schriftsteller. Nur soviel ist sicher: Es verhält sich ein bißchen wie mit der Religion. Zum Dienst an der Literatur ist man auf geheimnisvolle Weise berufen, ganz wie zum Priesteramt. Denjenigen, der es der musischen Benita, dem begabten Ralph oder der talentierten Judith in die Feder gesteckt hat, habe ich nie getroffen. Bei Judith waren es erst Schüler-, dann Tageszeitung, dann erstes eigenes Buch. Bei Ralph durchbrach eine wundersame Hand die Wolkendecke über Frankfurt, ein enormer Finger bohrte sich durch das Dach eines Verlagshauses, dann durch mehrere Zimmerdecken und Etagenböden, um zuletzt dem Lektor für unaufgefordert eingesandte Manuskripte, der nachts um zwei überarbeitet an seinem Schreibtisch saß, zu weisen, daß es dieses, genau dieses Manuskript unter Tausenden sein müsse.

Aber, erinnern wir uns – so anders war selbst das allgemeine Verständnis der alten Bundesrepublik, wie es zu guter Literatur kommen könne, nicht. Die Schreibschulen in der DDR belächelte man, und wenn ich heute im Handbuch des *Verbandes deutscher Schriftsteller* nachlese, dem Ratgeber schlechthin für »Autorinnen und Autoren, Übersetzerinnen und Übersetzer«, dann finden sich dafür noch immer gute Beispiele. In »Für die jungen Dichter« (welch Titel!) schreibt Jürgen Lodermann nicht etwa 18..., sondern 1999: »Ratschläge sind eigentlich ein Unding, allein Erfahrungen machen klüger, und die hat man bekanntlich selber zu machen. ... Lehrreich ist auch, Buchhandlungen zu durchstöbern und sich klarzumachen, was alles schon existiert – wieviel Lyrik, wie unendlich viele Romane Jahr für Jahr erscheinen.« Kurz: Gottes Wege sind unerforschlich, aber der Heilige Geist (die literarische Tradition) ist sie alle schon gegangen. Und unter diesen Bedingungen etwas zu schreiben, das nicht nur neu, sondern auch noch gut ist, und dann auch noch entdeckt, publiziert zu werden, das grenzt also tatsächlich an ein Mirakel, an ein religiöses Wunder.

Kein Wunder hingegen, daß ich nie verstanden habe, wie Walter Benjamin behaupten konnte, die moderne Kunst habe sich von ihren religiösen Wurzeln abgelöst.

Ansonsten gab es in Bad Godesberg Gründerzeitvillen, die mit den Jahren liebevoll restauriert wurden, im Kurpark gab es den Mineralbrunnen, in den Cafés in der Nähe die Übermacht der Alten, die, wenn es hoch kam, *Madame Bovary* lasen, *aber bitte mit Sahne.* In den Straßen standen Robinien, in den Vorgärten Edeltannen, in Bonn das Beethovendenkmal, und daß die Musik der Literatur als Kunstgattung überlegen war, ergab sich bei Diskussionen regelmäßig daraus, daß erstere noch viel schlechter auf den Begriff zu bringen wäre als letztere. Damit war sie quasi automatisch näher beim Unbegreiflichen, mithin beim Glaube, bei Gott. Und selbstverständlich war – dies auch meinem Vater zufolge – jedweder Glaube höher einzuschätzen als die Vernunft; die Vernunft hingegen Urquell allen Übels. Sie war der ›kleine‹, schlechte Teil des Menschen. Aber wenn Gott den Menschen als Ganzen geschaffen hatte, warum hatte er ihm dann die Vernunft überhaupt mitgegeben? Mein Vater revidierte: Die Vernunft war ein Kompaß, Gott lebte auf dem Nordpol, die klassische Musik befand sich höchstens fünfzig Kilometer, die moderne mindestens zweihundertfünfzig Kilometer entfernt, und die Literatur lag irgendwo dazwischen, mitten in der Arktis: »Ich bin doch nicht so blöd und halt mich an ein Instrument, wenn ich genau weiß, daß da oben, wo ich gerade bin, es wegen Mißweisung zur Orientierung nicht taugt!«

Und wer nun meint, ich schweifte ab, der hat sich getäuscht. Ich bin auf dem besten Wege. Auf meinen Vater kann ich nicht zählen, und unser Haus muß ich trotz einer gut bestückten Bücherwand von über siebenhundert Bänden verlassen, um endlich darüber, was gute Literatur ist, klar ausformulierten Rat zu finden. Über die Ubierstraße führt mich mein Weg, danach nach rechts, dann wieder nach links in eine leicht gebogene Seitenstraße. In ihr steht die Villa von Frau Stuckrad-Kadow (der zweite Nachname zu betonen auf der zweiten Silbe, das ›w‹ nicht auszusprechen). Das Giebelfenster, selbstverständlich hinter Edeltannen, ist erleuchtet, und das erste, was ich von dieser Dame sehe, deren Familie bestimmt beiderseits adlige Vorfahren hat, ist ein Schatten an der Zimmerdecke. Im Lauf der Wochen mache ich daraus ein Ritual: Nach jedem Abendessen breche ich auf, ich gehe aber immer nur das kleine Stück und stehe dann vor der Villa, den Blick an das Fenster hinter den Tannen gepinnt, um mich zu fragen: Wieso um Himmels willen spielt das alles in den späten Achtzigern? Wie passe ich hier hin? Wofür steht das, ein Zwanzigjähriger im zwanzigsten Jahrhundert, der sich nicht zu klingeln traut? Wie kann ich sie ansprechen, wie finde ich den Weg zu ihr? – Die männliche Alternative zu Frau Stuckradt-Kadow wäre Herr Blessgen, der früher einmal Verlagslektor war, allerdings nicht in Frankfurt, und dann depressiv geworden ist. Ralph hat ihm eine Kurzgeschichte von sich gegeben über die ersten Wolken, die am Kindheitshimmel aufziehen, aber Herr Blessgen hat sie nicht lesen wollen mit der Begründung: »Der Titel riecht mir zu sehr nach muffiger Kleiderschrank!«

Einmal aber, während ich abends dort auf der Straße stehe, geht das Licht im Giebelzimmer aus, es ist zwanzig vor acht, und gleich darauf geht das im Treppenhaus an. Ich husche hinter eine Robinie, die Haustüre öffnet, und die Dame geht für ein paar Sekunden lang geradewegs auf mich zu: Da weiß ich wenigstens, wie sie aussieht.

Zwei Wochen später treffe ich sie in der Innenstadt. Ich nicke, sie nickt, ich grüße, sie grüßt, und dann sage ich: »Entschuldigung, sind Sie vielleicht Frau Stuckradt-

Kadow? Die Judith Mertens hat von Ihnen erzählt, daß Sie viel lesen. Ich würde mich mit Ihnen gerne einmal über Literatur unterhalten.« Da bekomme ich eine Einladung, nächsten Dienstag, sechzehn Uhr, zum Tee.

Kennst du die Kühle? Nicht nur den Hinweis auf Frau Stuckradt-Kadow hatte ich von Judith, sondern auch das Gerücht, wie es Benita gelang, ihren großartigen Treffer zu landen. Ihren Erzählungsband hatte sie erst im Entwurf, dann in jeder Entstehungsphase mit Frau Stuckradt-Kadow durchgesprochen. Der Schuldirektor, hieß es, hätte das Manuskript korrekturgelesen. Binnen vier Monaten fand Benita einen angesehenen Verlag, und siehe, der frisch erschienene Band wurde vom Papst selbst, Marcel Reich-Ranicki, besprochen. Vierzigtausend verkaufte Exemplare! Das war eine hübsche Zahl, um weiterzumachen. Um vielleicht, im zweiten Anlauf, das erste wirklich eigene Buch zu schreiben. Ich las dieweil eine Biographie über Dostojewski, aus der hervorging, daß der Zar über einem seiner Romane geweint hatte. Nun ja, und Benita hatte das Herz des Literaturpapstes gerührt. Doch beide Male wußte ich nicht, was ich davon zu halten hatte.

Mit gemischten Gefühlen stand ich am Dienstag nachmittag vor der Villa. Golden glänzte der Klingelknopf. Es beschlich mich der Gedanke, einen Fehler zu machen. Vielleicht war es Tanja Blixen: »Wenn Gott einen Menschen besonders strafen will, dann erfüllt er ihm seine Träume.« Vielleicht war ich meinen Träumen gerade viel zu nah.

Frau Stuckradt-Kadow öffnete. Das Treppenhaus der Villa übertraf alles, was ich bisher gesehen hatte. Jede Stufe hatte die Ausmaße meines Schreibtischs. Auf halbem Weg nach oben begann die Welt der Bücher. Schon auf den Zwischenstockwerken schauten sie von den Wänden, sie zogen sich über die Türrahmen empor bis in die Schatten der Decke. Im oberen Stock füllten sie alle Räume. Nur das Arbeitszimmer bildete eine Ausnahme. Hier standen einzeln gefertigte Schränke mit Schubkästen, die in alphabetischer Ordnung beschriftet waren. Frau Stuckradt-Kadow bat mich, Platz zu nehmen. Kurz darauf kam sie mit Tee und Gebäck zurück.

Wir saßen uns gegenüber. Zögernd trank ich einen ersten Schluck.

»Du würdest dich gern über Literatur unterhalten«, begann sie. »Hast du denn ein bestimmtes Buch, über das du sprechen möchtest?«

Ich schüttelte den Kopf. »Ich würde gern wissen, wie Sie lesen«, sagte ich.

Ein leises Erstaunen war zu bemerken. Dann nickte Frau Stuckradt-Kadow. »Kannst du deine Frage genauer formulieren?«

Ich wies nach draußen zu den Büchern. »Wie schaffen Sie so ein Pensum? Lesen Sie, ich meine, haben Sie die Bücher draußen auf den Regalen alle gelesen?«

»Ja. Ich lese schnell. Und ich habe ein Archiv.« Sie wies auf die Kästen.

»Beurteilen Sie die Bücher?«

»Selbstverständlich.«

»Wie finden Sie zu Neuerscheinungen?«

»Unterschiedlich.«

»Über Kritiken?«

»Teilweise.«

Ich griff zu einem Biskuit.

»Liest du selber viel?« fragte sie.

»Es geht so«, sagte ich. »Vor allem lese ich langsam.«

»Würdest du gern wissen, wie man effektiver liest? Wie man in kürzerer Zeit zum Ende eines Buches kommt?«

»Nicht unbedingt. Bei guten Büchern finde ich das immer schade.«

»Nun, von denen gibt es bekanntlich nicht viele.«

»Neulich habe ich ein Zitat von Goethe gelesen, das geht: ›Die Leutchen denken, zu lesen sei einfach. Nun bin ich bald achtzig und kann es immer noch nicht recht.‹ Ich möchte gern wissen, was das bedeutet.«

»Lesen, das Lesen von Belletristik, *ist eine Kunst.*«

»*Können* Sie lesen?«

»Ein wenig.«

»Dann würde ich von Ihnen gern wissen, wie man gut lesen lernt. Denn ich denke, man kann nur dann gut schreiben, wenn man auch gut lesen kann.«

»Das ist zweifellos richtig.«

»Wie haben Sie es gelernt?«

»Das Lesen von Belletristik? Ich habe mir ein Vorbild genommen.«

»Wen?«

»*Ihn.*« Natürlich meinte sie den Papst – und lächelte. »In jeder Hinsicht sind seine Kritiken außergewöhnlich. Immer bezieht er Stellung. Er ist *der* Kritiker in Deutschland. Er hat Charisma. Stell dir vor, um nicht beeinflußt zu werden, lese selbst ich bei ihm meist erst das Buch.«

»Was tun Sie, wenn Sie anderer Meinung sind?«

»Was könnte ich dann tun? Meistens hat er recht.«

Nun wies ich auf die Schubkästenschränke: »Ich nehme an, für jedes Buch, das Sie gelesen haben, gibt es hier eine Karte oder etwas in der Art. Was steht darauf?«

»Nun, mein Urteil, Passagen, die mir gut gefallen, Passagen, die mir nicht gefallen, eine Zusammenfassung, eventuell verwandte Bücher.«

»Kommt es vor, daß Sie ein Buch zweimal lesen?«

»Selten.«

»Ich meine, nach Jahren, nehmen Sie dann ein Buch noch einmal zur Hand?«

»Das tue ich fast nie.«

»Und wenn Sie zu einer Geschichte keinen Zugang finden?«

»Wenn sie sich mir versperrt? Dann schreibe ich das auf die Karte.«

»Statt mit dem Autor und seinem Buch zu kämpfen?«

»Bei meiner Übung? Entschuldige! So etwas tue ich nicht. Du wirst leicht einsehen, daß es ungerecht wäre gegenüber anderen Autoren.«

»Ich vermute, daß Sie und Reich-Ranicki nur selten weit auseinanderliegen.«

»Das stimmt. Mit den Jahren ist es sogar immer seltener geworden.«

Skeptisch verfolgte Frau Stuckradt-Kadow meine Blicke. Ich trank meinen Tee aus.

»Was liest du zur Zeit?« fragte sie.

»Bjørnstjerne Bjørnsson. Das Gesamtwerk.«

»Norweger«, nickte sie. »Nobelpreis für Literatur 1903. Neben Ibsen einer der ganz Großen Skandinaviens. Inspiriert er dich?«

»Ja, schon. Obwohl, manchmal schreibt er fremd.«

»Also besteht da kein Bezug?«

Ich sah sie gerade an. »Würden Sie mir raten, abzubrechen?«

Sie seufzte. »Ich kann dir nicht raten. Ich kann nämlich gar nicht sehen, wohin du möchtest. Ich kann nicht einmal sehen, was du in diesem Augenblick hier von mir möchtest.«

Ich warf einen nächsten Blick zu ihr herüber.

»Komisch, nicht?«

»Komisch – im Sinne von seltsam«, sagte Frau Stuckradt-Kadow. »Das schon.«

»Als ich bei Ihnen an der Gartentüre stand, da habe ich überlegt, ob ich überhaupt kommen soll.«

»Du bist es.«

»Ja. Und es war wichtig. Aber ich glaube, ich werde es anders machen als Sie.«

»Dann war das wohl dein erster und gleichzeitig letzter Besuch hier.«

Unwillkürlich mußte ich lachen. »Meinen Sie das als Rausschmiß oder als Feststellung?«

Auch sie mußte nun lachen, aber es klang nicht völlig frei. »Als Feststellung. Soviel kann ich trotz allem schon sehen ...«

Früh war ich an diesem Abend ins Bett gegangen. Vor dem Einschlafen hatte ich noch eine Erzählung von Bjørnsson begonnen, doch bald waren mir die Augen zugefallen. Nun war es weit nach elf. Hellwach lag ich da. Bei Frau Stuckradt-Kadow war ich in einem anderen Jahrhundert zu Besuch gewesen. Raum war Zeit, aber anders, als Einstein behauptete. Der große Raum war aufgeteilt in kleine Räume, Blasenwelten, von denen jede nach einem eigenen Uhrwerk tickte und sich in ihrer eigenen Geschwindigkeit entwickelte. Viel miteinander zu tun hatten diese Welten nicht; ihre Bewohner wußten kaum etwas voneinander. Doch ich war bevorzugt wie jene Gruppe in der Erzählung Bjørnssons, der es gelang, eine Kutschfahrt zu einem kaum mehr bekannten Hof zu unternehmen. Wirklichkeit und Mysterium vermischten sich schon auf der Reise, hinter Fels und Baum lauerten Vergangenheit, Geschichte und Geheimnis. Der

Hof war verfallen, Staub lag auf den Möbeln und sonderbarerweise auch auf den Gesichtern der Gäste, die hier ein Jubiläum des Besitzers zu feiern schienen. – Bis zu dieser Stelle war ich gelangt, doch es war klar, daß der Staub das Thema der Erzählung bilden würde. Der Staub würde sich verbreiten, um sämtliche Aktivitäten der Menschen im Umland dieses Hofes zu lähmen – plötzlich befand ich mich in einer neuen, eigenen Geschichte. Im Norden Skandinaviens quoll Sand aus einem Loch. Er erzeugte Dünen, er wurde verweht, er ging nieder in Dörfern und Städten, um dort in die Gesichter der Menschen leere Flecken zu ätzen.

Der Sand gab Nachricht von einer Blasenwelt, die von den übrigen abgetrennt worden war. Nur in einer Hinsicht war er Zerstörung, in einer anderen war er ein Hilferuf. Es war ein großer Unterschied, stellte ich fest, ob man kaum etwas mit der restlichen Welt zu tun hatte, oder überhaupt nichts.

Solche abgetrennten Orte aufzusuchen ... – es war am folgenden Dienstag, als ich mich auf den Weg in die »Barriere« machte, einer Kneipe, in die ich bis jetzt immer nur freitags mit Frank gegangen war. Abends vor elf hatte es selbst da keinen Sinn, aber Dienstags um halb acht in der »Barriere«, das war tatsächlich die Öde Nordskandinaviens und noch eine Nummer trostloser. Bloß ein Pärchen hockte an der Bar und diskutierte zu »Blue Eyes« seine Kiste. Bertie, der die seltene Begabung hatte, egal in welchem Moment immer das Falsche aufzulegen, stand am Zapfhahn. In eine Hülle mit der Nummer dreiundzwanzig stopfte er eine Kassette mit der Aufschrift »Late Mix«, obwohl auf ihr deutlich sichtbar eine Einunddreißig geschrieben war.

Ohne die freitäglich-spätabendliche Zahl an Besuchern war die Barriere ein verzweifelter Schuppen. Nicht in Schuß, genausowenig richtig abgewrackt, statt dessen im peinlichen Bereich dazwischen. Hier, dachte ich, sollte man mal einen dieser Lokalkrimis losgehen lassen, die neuerdings bei Bouvier ausgelegt waren. Sein Kommissar würde Balduin Walterscheidt heißen, und im Vorwort würde sich der Verfasser dafür entschuldigen, daß es in dem Buch um »etwas so Brutales wie Mord« ginge, wobei er auch noch gewagt habe, »dies mit mehreren Orten in Bonn und Bad Godesberg in Verbindung zu bringen.« Lief Walterscheidt zur Hochform auf, dann würde er das immer mit den Worten tun: »Ich bin der falsche Mann am falschen Ort zur falschen Zeit.«

Dieser falsche Mann war jetzt ich. Der rothaarige Schnösel hatte mit seiner Freundin Schluß gemacht; er war gegangen, sie war geblieben. Bertie spendierte sich und uns einen Tequila. Die Blondine sagte:

»Ihr denkt doch auch sicher, daß Frauen wie Klos sind. Entweder besetzt, oder ...« – wir stießen an. Berti spendierte eine zweite Runde. Die Blondine hatte Akne am Hals, sie hieß Anja und malte. Ihr Vater lebte in New York. Ihre Mutter reiste viel, sie war zur Zeit in Frankfurt. Wolfram, der Freund, war zum Wochenende eingezogen. Anja hatte malen wollen, worüber es zum Streit gekommen war. Eifersüchtig auf ihre Bilder war Wolfram schon immer.

»Seit mindestens einer Stunde muß ich weg«, meinte Anja schließlich. »Da im Keller, wo ich male, hab' ich, glaub' ich, eine Kerze brennen lassen.«

»Dann geh besser mal«, meinte ich.

»Nee, ich kann für dich gehen«, meinte Berti. »Der da schiebt Dienst, und er paßt auf dich auf.«

»Laß stecken!« sagten Anja und ich fast gleichzeitig.

»Leute, glaubt ihr echt, ich sei zu blöd, da im Keller eine Kerze auszumachen?«

»Das nicht, Berti«, meinte Anja. »Aber Frischfleisch gibt es für dich nur beim Metzger. Und der hat seit halb sieben zu.« Sie stand auf.

»Kommst du mit?« fragte sie mich. Ich nickte. Berti, der seine Chancen verspielt sah, begann zu nöhlen.

»Ey, Mozart, dann sag' aber gefälligst danke im Namen deiner Gitarre, wenn du sie vögeln darfst!«

»Und du such dein Loch in einer Tequila-Flasche!«

Auf dem Weg nach Hause begann Anja zu kichern: »Bertie denkt wohl, du seist Musiker. Seit vier Jahren ist er hinter mir her, und die ganze Zeit über war ich immer mit Musikern zusammen.«

»Was den IQ angeht, da wäre der bestimmt eine Abwechslung«, meinte ich. »Und wenn du dich an so viel Dummheit gewöhnt hast und trotzdem zur Musik zurück willst, dann bleiben dir Tenöre.«

»Tenöre?«

»Ja, IQ-mäßig kommen die noch hinter den Bläsern. Bei den Bläsern sind die Posaunisten die dümmsten. Es hat was mit der Atmung zu tun, glaube ich.«

»Du meinst, Hyperventilation macht auf die Dauer blöde?«

»So ungefähr.«

»Du bist echt klasse! Aus welcher Ecke kam denn der Satz mit der Tequila-Flasche? Den hätte ich dir gar nicht zugetraut.«

»Das war doch eine adäquate Antwort.«

»Schon, aber bei dir paßt das alles nicht richtig zusammen. Manchmal wirkst du jung, manchmal alt. Du könn-

test Musiker sein, du könntest auch Kommissar sein …
Na, hier sind wir jedenfalls.« Anja zeigte auf ein Gatter.
Wir standen vor der Villa von Frau Stuckradt-Kadow.

»Hier wohnst du?«

»Ja.«

»Das heißt, Frau Stuckradt-Kadow ist deine Mutter?«

»Ja, wieso?«

»Bei der war ich letzte Woche zu Besuch.«

»Ach, dann bist du das also … das neue Negativ-
beispiel! Nett, dich kennenzulernen! Jakob, nicht?
Jakob Anderhandt?«

»Ja.«

»Möchtest du reinkommen?«

»Das kommt darauf an. Dienstags bin ich nämlich
immer Vegetarier. Sagen wir, seit vier Jahren schon.«

Sie gab sich Mühe; aber trotzdem spürte ich, daß die
Absage vorweg sie enttäuscht hatte.

»Ich zeige dir meine Bilder«, meinte sie.

Und da hingen sie: Jene Gesichter, die den Mittelpunkt
meiner nächtlichen Geschichte bildeten. In einem Kellerraum mit weiß gekalkten Wänden und Gittern vor
den Fenstern. Und nur auf den ersten Blick waren die
Gesichter das Thema, auf den zweiten aber waren es die
weißen Flecken.

Anja war weiter gekommen als ich. Ihr war es gelun-
gen, den Flecken Gegenständlichkeit zu verleihen. Sie
waren schon etwas, und man schien abwarten zu können, was sich aus ihnen entwickelte.

»Das Neue ist immer schon da«, sagte ich.

»Genau«, sagte Anja.

Ihre Mutter verstand die Bilder anders. Farbflecken lie-
ferten das Stückwerk zu einer Abbildung. Das Weiß zwi-

schen ihnen war bloßer Abstand. Das hieß: Bei Anjas Bildern gab es zwischen dem Einzelnen keine Berührung; und diese fehlende Verbindung konnte übergreifend als Ausdruck eines brüchigen Subjektes gesehen werden, stellvertretend als Ausdruck eines allgemeinen, unaufhaltsamen Zerfalls alles Menschlichen in der heutigen Welt, vor dem es für keinen von uns ein Entrinnen gab.

In Frankfurt und in Köln besaß Frau Stuckradt-Kadow eine Galerie. Dort hingen auch einige Bilder Anjas. In den Katalogen fanden sich dazu Texte der Mutter. Diese Arbeitsteilung war eisenhartes Gesetz: Anja malte, ihre Mutter beschrieb, interpretierte.

Aber noch eines hatte Anja klarer gesehen als ich: Wenn es eine Quelle gab, aus der das Weiße kam, dann war deren Verbindung zur übrigen Welt nicht etwa abgerissen, sondern sie entstand überhaupt erst mit mit und in diesem neuen Weißen. Völlig zustande gekommen sein würde sie, wenn das Bild der Flecken die Reste des vorigen Bildes überzeichnet hatte. Denn alles Neue entstand, so wie wir es sahen, geradeheraus aus dem Nichts, und das war das wirkliche, wahrhafte Wunder dieser Welt.

An jenem Dienstagabend nach meinem Besuch, sagte Anja, sei ihre Mutter sehr wütend gewesen. Für sie stellte ich den Inbegriff der Planlosigkeit dar. »Was mich betrifft, da hat sie ja wenigstens noch die Illusion eines Plans«, lachte Anja.

»Du hast von mir eine Geschichte gemalt«, meinte ich statt dessen. »In der Nacht von Dienstag auf Mittwoch hatte ich diese Idee. Nur aufgeschrieben habe ich sie nicht. Hier hängt sie nun, fix und fertig.« Anja hatte die Bilder am Samstagnachmittag begonnen, kurz nachdem es zu dem Streit mit Wolfram gekommen war. Jetzt wollte ich von ihr wissen, wieso man überhaupt etwas malte, etwas aufschrieb, Bücher anderer las, wenn sich wie bei uns etwas so viel schneller und leichter mitteilen konnte. Anja zögerte. Aus Unsicherheit vielleicht? In einem halben Jahr, sagte sie nach einer Pause, würde sie nach New York reisen, um ihren Vater zu besuchen. Von dort würde sie mir einen Brief mit der Antwort schreiben.

»Ganz bestimmt?« fragte ich.

»Ja, ganz bestimmt. Das ist hoch und heilig versprochen.«

Trotzdem wußten wir es beide. Es teilte sich mit, schnell und leicht wie alles vorige: Post aus New York würde ich nie bekommen.

# Das Opfer

Es war während des Zivildienstes. Sie hieß Elisabeth Apfel und wohnte im vierzehnten Stock. Ihre Wohnung war karg, das Reichste an ihr war die Aussicht. Sie ging über die Alleen des Viertels, einen kleinen Park, und bei gutem Wetter bis über den Strom zum Siebengebirge. Frau Apfel beschäftigten andere Dinge.

»Ich bin neunundachtzig«, sagte sie. »Ich habe niemanden. Wie lange schaffe ich es? Bis neunzig? Bis fünfundneunzig? Ich möchte so gern einen runden Geburtstag.«

»Gehen wir spazieren«, sagte ich.

Auf dem Spaziergang erzählte Frau Apfel von ihrer Knieoperation.

»Der Eingriff ist selten. Ich bin erst die Dritte, bei der er gemacht wurde. Das neue Gelenk sieht aus wie ein Schmetterling. In jedem Bein habe ich jetzt so einen Falter. Es geht sich anders damit, nicht mehr so sicher. Man hat es bei mir gemacht, weil ich alt bin.« Sie versuchte ein Lächeln. Ihre Augen wurden rund. »Ich bin ein altes Versuchskaninchen.« Sie fing an, mich zu mustern. »Ich glaube«, sagte sie, »das genügt für heute. Kehren wir um. Vielen Dank, daß Sie mir zugehört haben.«

»Sie wissen nicht, daß ich nur einen einzigen Tag in meinem Leben verheiratet war!« begrüßte sie mich beim nächsten Mal. »Setzen Sie sich! Es regnet. Möchten Sie Tee? Einkaufen gehen können Sie später.«

Frau Apfel hatte eine Schwester gehabt – Agnes. Die hatte ihr alles geneidet. Es war losgegangen mit den Puppen, weitergegangen mit den Kleidern, es hatte aufgehört bei den Männern. Rudolf, ihren Schwarm, hatte Elisabeth zum Ende der Zwanzigerjahre kennengelernt. Beide verstanden sich prächtig. Nach ein paar Monaten stellte sie Rudolf ihren Eltern vor. Am Kaffeetisch beanspruchte Agnes bereits den Platz neben ihm. Am Abend begann der Terror. »Das ist mein Mann! Vergrätz ihn! Mach, daß er sich für mich interessiert!« Aber nicht Elisabeth, sondern Rudolf blieb standhaft. »Du bist es, die ich liebe«, sagte er. »Deine Eltern sind Egoisten, sie unterstützen Agnes, weil sie die Ältere ist. Deine Schwester ist blind vor Neid, aber du bist die, die das gute Herz hat.« – »Ich glaube nicht, daß wir glücklich sein werden«, sagte Elisabeth. »Ich kenne Agnes. Sie wird alles kaputtmachen. Sie wird hartnäckig bleiben.«

Der Krieg kam, und Rudolf verstärkte sein Werben. »Also«, schloß Frau Apfel, »konnte ich nichts mehr dagegen sagen. Er brauchte ja eine, an die er denken konnte im Feld. Das sollte ich sein.« Es war an einem Mittwoch. Die Papiere wurden bestellt. Zwei Tage später waren sie da. Die standesamtliche Trauung war am Samstag, die kirchliche am Sonntag. Am Tag darauf wurde Rudolf eingezogen.

Wieder versuchte Frau Apfel ein Lächeln, und wieder wurden ihre Augen rund.

»Hat er überlebt?« fragte ich. »Ich meine, ist er zu Ihnen zurückgekehrt?«

Sie bejahte. »Bald nach Kriegsende. Bei uns lag die Scheidung auf dem Tisch.«

Und am Tisch saß Agnes.

»Entweder bin ich es«, sagte sie, »oder es ist niemand aus dieser Familie.«

Es war das Kriegsende zu Hause. Knapp vierundzwanzig Stunden später hatte Rudolf eingewilligt.

Sie erzählte es ohne Häme, ohne Genugtuung. »Dieses Mal werden Sie mir nicht glauben. Was meinen Sie, wie Agnes gestorben ist?«

Ich kam nicht zur Antwort.

»Vor dem Fernseher. Meine neidvolle Schwester hat sich zu Tode gelacht!«

An jenem Tag war Rudolf auf Dienstreise gewesen. Agnes hatte eine Bekannte zu Besuch gehabt, und die konnte das Geschehnis bezeugen. Es war während der Otto-Show. Beide hatten auf dem Sofa gesessen. Mit wachsendem Unmut hatte Agnes die Sendung verfolgt. Bis der Witz mit Frau Suhrbier kam.

»Frau Suhrbier«, fragte Otto als rasender Reporter Harry Hirsch, »seit fünfzehn Jahren wohnen Sie an der Autobahn. Gibt es negative Begleiterscheinungen?«

Als Frau Suhrbier zur Antwort den Kopf hin- und herschnellen ließ, um zugleich dröhnend wie ein Rennwagen auf dem Nürburgring zu verneinen, da war das zu viel für Agnes. Sie schoß aus dem Sitz, hieb sich auf die Schenkel und stieß eine gellende Salve aus. Dann fiel sie zurück in die Polster, traf unglücklich die Kante und brach sich das Genick.

»Hoffen wir, daß sie ihren Frieden gefunden hat«, sagte Rudolf, als er neben Elisabeth vor dem Grab stand. Zwischen beiden war es das erste Wort seit Jahren.

Jene Bruchstücke, die Frau Apfel nun erzählte, waren undeutlich. Von einer Feier im Familienkreis war die Rede und davon, daß einige Geschäftsleute ihr, der damals schon Siebzigjährigen, interessierte Blicke zugeworfen hätten. Von einer Kur in Bad Hönningen, einem Beamten im Postministerium. Zehn Jahre jünger war er gewesen als sie und hatte vor der Pension gestanden.

Einmal hatte er Frau Apfel zu einer Fahrt in seinem Wagen eingeladen. »Da sah ich es«, sagte sie, »wie sehr er mich mochte, an den Pupillen.«

»Männer und Männer«, begann ich zu widersprechen, »doch nie hat es geklappt.« Der Mund von Frau Apfel zog sich zusammen.

»Gehen wir spazieren«, meinte sie.

Es war ein nebliger Tag. In das Vorzimmer der Wohnung fiel kaum Licht, und der Deckenleuchter hatte einen Wackelkontakt. Nachdem ich Frau Apfel in den Mantel geholfen hatte, ging ich erneut zum Kleiderständer. Als ich mich wieder umdrehte, flackerte ihr Gesicht böse wie bei einem Frühlingsgewitter.

»Niemals geklappt! Daß Sie nicht eins und eins zusammennehmen! Rudolf, auch er war natürlich bei dem Familienfest, auch er war in Hönningen! Doch bei keiner Gelegenheit hat er mir verziehen!«

Rudolf war Ende der Siebzigerjahre gestorben. In seinem Testament fand sich der Wunsch, neben Agnes im Familiengrab beerdigt zu sein.


Bis sie mir den Brief zeigte, wurde es Herbst. Sie ging zu ihrer Schmuckschatulle, die auf dem Vertiko stand. Mit zitternden Fingern zog sie einen Umschlag hervor.

»Professor Kastenholz, Anatomie. Eine Kapazität! Über ihn wird im Lokalteil geschrieben.«

Der Bogen im Umschlag war in jenem Verwaltungsgrau, wie ich es von anderen Behörden bereits kannte. Frau Apfel hatte ihren Körper der Medizin vermacht. Man dankte ihr im Namen der Wissenschaft. Einzig ein maschinenschriftlicher Vermerk, den der Professor mit seiner Unterschrift versehen hatte, stach hervor. Frau Apfel zeige man sich in besonderer Weise erkenntlich, wegen der implantierten Gelenke. Im Verlauf einer Autopsie ließe sich herausfinden, wie es sich mit deren Verschleiß verhielte und ob die angewandte Methode, Knochen und Gelenke zu verbinden, sich bewährte.

Einigermaßen sprachlos gab ich ihr den Brief zurück.

»Von dem Geld«, begann Frau Apfel, »zahle ich die Verbrennung. Von dem Zuschuß für die Gelenke eine Seebestattung. Dank der Falter in meinen Beinen werde ich frei sein wie ein Schmetterling. Leicht und unabhängig. Nie werde ich jemanden stören.«

»Weder Rudolf, noch Agnes«, fügte ich hinzu.

Sie nickte. »Denn sonst käme ich ja in das Familiengrab. Sie verstehen? Das einzige, was ich noch möchte, ist ein runder Geburtstag. Und vielleicht, daß Sie kommen, bis ich neunzig bin. Ist das zuviel verlangt?«

# Von der dreifachen Wandlung zum Ich

Wissen Sie, Bruno, ich mag Sie nicht. Ihr Humor ist alles andere als Spitze und Ihr Aussehen, naja, vergessen wir's. Aber bei Ihnen kann man sicher sein, Sie stehen in zwanzig Jahren immer noch auf der Matte. Sie wollen den Job einfach haben, das kapiert selbst der letzte Idiot. Und deswegen, nur deswegen, bekommen Sie die Show. Wann möchten Sie anfangen?« – In unseren Träumen war es noch so. Mit Gewissenhaftigkeit, Pünktlichkeit sowie dem berüchtigten langen Atem kam man überall hin. Wenn man es nur wollte, wenn man nur zäh genug war und genügend nervte. Dann schaffte man es auch bis zur Moderation von – egal. Denn tagsüber stimmte es nicht. Trotzdem, wir glaubten dran. Wir hatten ja unsere Träume.

In Brunos Show hätte gut der Tod von Haralds Vater gepaßt. Nach der Einlage hätte Bruno mit einer Extraschote noch eins draufgegeben, peinlich gefunden hätten es alle, aber keinem von uns wäre das Lachen im Halse steckengeblieben. Haralds Vater war Ministerialdirigent. Mit seiner Familie wohnte er am Blücherplatz. Dem Vorurteil zum Trotz ein gewissenhafter Beamter – jedes Wochenende brachte er Akten mit, saß dann Sommers wie Sonntags in seinem Arbeitsraum auf der Dachetage. Der Hirnschlag kam am achtundzwanzigsten Juli, gegen siebzehn Uhr. Auf der Akte fand sich danach ein Strich, der über den Blattrand hinausging. Manche Schriftsteller träumen von einer solchen »Todeslinie«; und übrigens, da wir gerade bei Gewissenhaftigkeit und ein bißchen auch bei Moral sind: Es soll neuerdings Versteigerungen geben, auf denen man solche Seiten unter Literaturfans handelt.

Was in Brunos Show als platt gegolten hätte – genau deswegen hätte man ihn dann weitermachen lassen: platt, aber ungefährlich –, war in Wirklichkeit eine zähe Tragödie. Und nur, um ein Wort zu haben: Wie reagiert man auf einen solchen ›Tod zur Unzeit‹?

Man kann sich nicht verabschieden, es gibt keinen letzten, klaren Augenblick des Patienten, keine Viertelstunde am Sterbebett. Es gibt nur die plötzliche Lücke.

Nach der Beerdigung kam in die Schule ein Harald im Nadelstreifenanzug, mit Krawatte und Schirm. So kam er nun jeden Tag. Seinen Platz in der Mitte des Klassenraums tauschte er gegen einen in der letzten Reihe. Nach zwei Monaten begann er zu fehlen. Er war höflich und gab zur Antwort: »Ich quittiere den Unterricht nur, wenn es erforderlich ist.« Aber, so fügte Harald hinzu, inzwischen sei er sechzehn und dürfe seine Entschuldigungen selber schreiben. Verwunderung tauschte den Platz mit Mitleid. Dann nahm Skepsis den Platz von Verwunderung ein. Zum Ende des Halbjahres kursierte das skurrile Gerücht, Harald sei inzwischen Zeitungskorrespondent in New York.


Hinzu kam ein Bändchen. Es war zweihundert Seiten stark und hieß »Adlertränen«. Sein Autor nannte sich Aktenzeichen XY, die Umschlagszeichnung – eine Mixtur aus Vogelschwinge, Deutschlandfahne, Regenschauer – stammte zweifelsfrei von Christian, demjenigen Freund Haralds, der immer schon schreiben wollte, aber stets nur zeichnen konnte. Hartnäckig bestritt Christian, selbst der Autor zu sein. Der Umschlag des Bändchens bestand aus gerade mal Hundertzwanzig-

gramm-Papier; schon beim ersten Lesen bekam es Knit-
ter. Das Papier der Seiten war schneeweiß, gesetzt hatte
man alles wie eine Zeitung, in Times New Roman, elf
Punkt. Der Held des Romans hieß Kurt, sein Konflikt
entsprang einer Flugleidenschaft, einem Kampf mit der
Sehnsucht nach einer »idealen Stadt«, einem festen
Zuhause, sowie derjenigen nach einer Traumfrau. Ungefähr auf Seite hundert kam dann aller Leselangeweile
jener Satz in die Quere, der so schlecht war, daß man
ihn unbedingt wieder gut finden mußte: »Als ich unten
an der Rolltreppe stand und die Stufen auf ihrem Weg
nach oben verfolgte, da kam mir die Sache mit Jaque-
line wieder hoch.«

Außerdem hatte der Autor den Tick, sämtliche Starts
und Landungen seines Helden minutiös zu beschreiben. »12. September, 16:37 Uhr Ortszeit. Landung in
Boston. Die Maschine setzt im vorderen Drittel der
Landebahn auf, 19 Minuten zu spät, hart, aber mit dem
linken Fahrwerk rund zwei Sekunden zu früh. Ich bin
froh, den Boden der Amerikanischen Unabhängigkeit
wieder unter mir zu haben.« – Trotz solcher Infos blieb
das Rätsel um den Verfasser. Denn in jeder anderen
Hinsicht waren die »Adlertränen« aus dem Nichts aufgetaucht. Sie verdankten sich weder der Tätigkeit eines
Kopiergeschäfts, noch trugen sie eine ISBN oder den
Namen eines Verlags. Eines Morgens waren sie einfach
dagewesen. Im Dutzend lagen sie auf jenen Tischen im
Treppenhaus, die sonst von den Restauflagen der Schüler-
zeitung in Anspruch genommen wurden. Zur Großen
Pause schlug der Direktor Alarm; einer der Hausmei-
ster kam und sackte ein. In der dritten Stunde bat man
um Herausgabe in den Klassen. Doch wer die Tat in der
Tasche hatte, leugnete natürlich ganz wie der Rest.

Da hatten wir also alles, was gute Literatur braucht: Ein Phantom als Autor, einen Zensor mit Prinzipien, die überholt erschienen, und ein Werk, über das man genauso lachen wie weinen konnte. Trotzdem fiel das Urteil einhellig ungnädig aus. Kurt nämlich fand seine Traumfrau im Panoramapark neben der Autofähre. Sie schwebte zwischen den Ästen, sie huschte hinter den Stämmen, sie lockte, doch ließ sich nicht fangen: Ja, wahrlich-unglaublich, ihr Märchenfreunde, sie war eine Fee. Und so ein Ende auf so harten Stoff, nee, also wirklich nicht, das, echt, schade, aber nicht mit uns!

»Jakob«, sagt mein Verleger, »noch so eine Geschichte übers Schreiben, und ich lehne sie ungelesen ab. Da kann dein Skript noch so pünktlich und zuverlässig auf meinem Schreibtisch liegen. Da kannst du auch noch so viel nerven.« – Aber zum Glück ist dies ja eine Geschichte nicht übers Schreiben, sondern über Haralds Wandlungen. Nach dem Flop mit den »Adlertränen« kam eine nächste. Haralds Kleidung wurde schwarz. Kopf- und Barthaare wuchsen. Tina, die mit Harald zusammen war, hatte am meisten zu leiden. Nach außen hin fand er nun alles komisch, doch im Inneren ordneten sich seine Wertvorstellungen wie C-Atome, die man zum Diamanten preßt.

Einmal fuhr ich mit ihm Zug. Im Großraumwagen vor uns saß eine Mutter, deren Junge offenbar seinen schlechten Tag hatte. Nach einer halben Stunde Quengeln ging Harald nach vorn, um der Mutter eine Ohrfeige zu versetzen. Es knallte recht nett, und dann sagte Harald: »So. Das ist für die Erziehung. Denn Kinder darf man ja nicht schlagen.« Sofort startete Gezeter: »Anzeige!« – »Anwalt!« – »Prozeß!« Aber Harald hatte trainiert, er konnte Luft holen und sein Gesicht so rot werden lassen, daß selbst die Mutter in ihrem Zorn erblaßte. Wehe, wenn der da erst anfing zu quengeln! Dann würde nicht nur sie weich werden, sondern auch alles über und unter ihr – und folglich der Zug entgleisen. Murrend zog sie ab in den Speisewagen.

Kurz vor der nächsten Wandlung lag die Episode mit Ölkännchen & Schwein. Harald war mit Tina verabredet, die noch bei ihren Eltern auf dem Heiderhof wohnte. Auch ihr Vater war Beamter, chronisch CDU, die Mutter im Kirchenvorstand bei den Katholiken.

Es ist Donnerstag, halb vier.

Als Harald ankommt, ist die Mutter beim Einkauf. Harald ist ein bißchen früh dran, aber, denkt er, vielleicht ist Tina ja schon da. Nanu – die Haustüre angelehnt? Harald schaut in den Vorraum. Von oben hört man feminine Schreie und quietschendes Metall. »Tina?!« – »Tina!!« Auch die Tür zur Gästetoilette ist angelehnt. Auf dem Waschbecken liegt eine Tube Gleitcreme. Dann also ... eher ... Dea, die ältere Schwester, das ... Vorbild! Harald geht in die Toilette. Er nimmt die Tube, schraubt sie zu und steckt sie mangels Alternative in die Tasche. Anschließend säubert er das Waschbecken. Als er seine Hände gerade unter den Strahl hält, platzt René in den Raum, der Älteste ein Haus weiter. Aus seiner Brusttasche zieht er einen Kamm.

»Ach, René, du?« sagt Harald. »Jetzt hab' ich gerade das Waschbecken saubergemacht!«

»Kein Problem«, meint René, »dann geh ich nach drüben und kämm' mich da. Wo ist die Creme? Die hab nämlich ich gekauft!«

Da muß man tolerant sein. Das Schwein war kaugummirosa, es kostete zwei Mark neunundvierzig, und wenn man es anfaßte, quiekte es. Auf dem Kännchen stand: »Runges allerbestes Haushaltsöl«. Aber Dea wurde nicht mal rot, als sie beim Geburtstag auspackte. Sie lachte bloß. Harald sah sich zu einer Erklärung genötigt. »Also, das Öl, ja, ist für die vermeidbaren Geräusche. Das Schwein ... für die unvermeidbaren ...« Jetzt lachte Dea tief. Sie nahm Gesangsunterricht und würde ein hervorragender Alt sein. Alles umsonst. Auf die gängigen Vorurteile und Klischees gab es seit mindestens einem Jahr keine Garantie mehr. Und Harald hätte es wissen müssen. Er, der Freund der jüngeren Schwester ...

Die dritte Wandlung wurde durch einen Schock ausgelöst, ganz wie die erste. Tina war drei Wochen auf Seminar in der Eifel gewesen, Harald hatte sie und ein paar Freundinnen abgeholt. Die wollten alle Pop hören, doch Harald bestand darauf, die gesamte Rückfahrt bis Bonn Tschaikowskis Klavierkonzerte zu spielen. Am Samstag drauf gingen Harald und Tina in eine Kneipe. Nach der ersten Viertelstunde sagte Tina: »Harald, ich hab' die ganze letzte Woche überlegt, und ich glaube, ich möchte nicht mehr mit dir zusammen sein.« Harald: »Du überlegt? Eine ganze Woche bloß?« Tina: »Witze helfen da leider auch nicht. Wenn du es wirklich wissen möchtest, ich überlege eigentlich schon viel länger.«

Aber selbst jetzt kann Harald nicht aus seiner Haut. Er starrt vor sich auf das Weizenglas, das noch zweidrittel voll ist. Schade ums Geld, denkt er. Langsam nimmt er dann das Glas, hebt es in die Höhe und gießt sich seinen Inhalt über den Kopf. Er steht auf, verneigt sich. Er hängt sich seine Jacke über den Arm wie ein Butler. Und geht.

Zweiundzwanzig Uhr dreißig. Harald ruft bei Christian an. Es sei etwas Schreckliches passiert. Es sei dringend. Doch Christian läßt sich verleugnen. Schrecklich, dringend ist es in letzter Zeit immer. Seit Harald Schwarz trägt, brennt dauernd die ganze Welt. »Ehrenwort, Sie wissen echt nicht, wo der ist? Diesmal ist es nämlich wirklich dringend.« Christians Vater wirft einen fragenden Blick zu seinem Sohn herüber. Der winkt ab. »Nein«, meint der Vater, »Christian ist seit etwa zwanzig Uhr unterwegs. Versuch es doch morgen noch mal.«

Dreiundzwanzig Uhr fünfzehn. Harald klingelt seine Mutter aus dem Bett. In der Haustür stehen sich beide gegenüber.

»Tina hat Schluß gemacht!« Harald ist leichenblaß, aber auch die Mutter hat genug von der brennenden Welt.

»Schön«, sagt sie, »wurde auch Zeit.« Sie erinnert sich an den Ratgeber *Der pubertierende Tyrann* bei ihr auf dem Nachttisch und einen Tip aus dem »Härtefall«-Kapitel. Sie sagt: »Harald, denk dran: Alkohol und Drogen sind keine Lösung. Ich liebe dich, doch – zieh Leine!«


»Im Ahrtal«, sagt mein Verleger, »also zwischen Bonn und Koblenz gibt es die sogenannte Todesbrücke. Hat Harald ein Auto?«

»Hat er. Wie käme er sonst zu so später Stunde von der Kneipe in Bonn nach Godesberg?«

»Gut. Dann fährt er jetzt weiter zur Todesbrücke.«

»Und?«

»Na, der Rest ist doch klar.«

»Selbstmord? Schuld ist die Gesellschaft? Das System?«

»Selbstmord. Schuld ist immer das System.«

»Da sind Sie aber dreißig Jahre zu spät dran! Was schreibe ich denn bei Ihnen als nächstes? Kriegserinnerungen?«

»Na, na!«

»Ich sehe nicht, warum ich in so ein Ende einen einzigen Buchstaben investieren sollte!«

»Du mußt. Wir sind ein Kleinverlag. Wir können weder mit den Trends, noch mit der Masse schwimmen. Da sind die anderen besser. Uns bleibt es, die Restbedürfnisse zu befriedigen. Die Bedürfnisse jener, die geordnete Verhältnisse brauchen und suchen. Lebensprinzip: Am besten nichts Neues.«

»Wie? Zwangsweiser Innovationsstop als Konsolidierungsmaßnahme? Sowas kommt doch einfach daher, daß man nicht nachdenkt und sich frühzeitig um kapitalkräftige Investoren kümmert! Wie die meisten Achtundsechziger haben Sie ganz einfach den Börsengang verpaßt.«

»Irrtum! In den von mir beschriebenen Grenzen werden wir ab zweitausendzwei eine AG sein.«

»Tatsächlich? Ja, wenn das so ist, dann erwerbe ich schon heute einen Anteilsschein, bemessen prozentual nach dem Umfang meiner Erzählung am Gesamtprogramm!«

»Einverstanden. Und in diesem Fall kannst du natürlich schreiben, was du willst.« Der Kaufantrag kommt auf den Tisch, ich unterzeichne. »Rein interessehalber«, fragt mein Verleger, »was macht Harald?«

»Er verschwindet. Er zieht nach Hamburg.«

Dort nimmt er eine Wohnung in Uninähe, sagen wir Bornstraße. An Christian schreibt er einen letzten Brief. Er habe »Aussicht in einen Garten mit Katze«.

Dann defragmentiert Harald seine Festplatte. Sein zerfallenes Ich setzt sich neu zusammen. Zwei Jahre später erscheint von ihm ein Gedichtband mit dem Titel *Mondiges*. Über die Zeit in Bonn und Godesberg heißt es da:

*Jugend*

*Der ganze Quatsch, den wir*
*spätabends sagten,*
*Hebungen, Senkungen, Wunden*
*zertagten. Wenig Gedanken*
*am falschen Platz.*

*Arndt,*
*Blücher,*
*Draitsch-*
*brunnen.*

Im Herbst '94 erscheint Haralds erster Roman *Die Reise nach Nichts*, für dessen unveröffentlichtes Manuskript er den Literaturförderpreis der Stadt Hamburg erhielt. Selbst kleinere Brüche und Stilfehler sind nun verschwunden. Aber aufs Gesamt liest sich der Text wie durch Milchglas: Neblig und schemenhaft ist er, ohne Sinn und ohne Ziel. Dokumentiert wird das Scheitern eines Autors, die Atome des Lebens zu einer großen und beständigen Verbindung zu fügen. Nur wenn man seine Nase dicht gegen die Scheibe preßt, sieht man in klaren Gestalten einzelne Sätze: Ungeahnt sind sie, voller Wortgewalt, blütenschön und formenreich. Steht Harald Bach für ein wundervoll komponiertes *Ende des Erzählens* in Deutschland? Für die Ankunft der postmodernen Unübersichtlichkeit in der Literatur? – Es folgt Preis auf Preis, doch Haralds Stil bleibt sich treu. Ich ziehe dieweil nach Berlin um und zertage seine Bücher ein wenig. Bis mir klar wird, wie einfach sich alles verhält: Harald ist Bruno. Er hat die Show bekommen.

Nur, wer bin dann ich mit meinem Anteilsschein? Ein Investor, der nach der Wahrheit sucht?

# Trinkaus!

Markus Schuster mischte zusammen, was nicht zusammen ging. Die Edda und das Heute, nordische Runen und ein Leben zur Untermiete. Wenn er über seinen Lautverschiebungen saß, störte ihn regelmäßig Frau Nelles: »Haben Sie Ihren Teerest auch bestimmt nicht in den Ausguß gekippt?« – »Bestimmt nicht, zum fünfzigsten Mal.«– »Wo ist er?« – »In der Plastiktüte.« – »Tut mir leid, ich sehe da keine.«

Doch bei Büchern war Markus genau wie sie. »Ich zeige dir jetzt einen Sonderdruck der Heimskringla ...« Zitternde Hände, Kontrollstufe zehn. »Du ... darfst ihn auch gern einmal anfassen ...« Etwas lag in der Luft. Das hatte ich bisher noch nie gedurft. Fünf Minuten später gestand mir Markus, daß er mich bewundere.

»Warum?« fragte ich.

»Du lebst das alles, all' deine großen und kleinen Erfahrungen. Obwohl wir zehn Jahre auseinander sind, manchmal komme ich mir dreimal so alt vor ...«

»Das macht nichts. Du bist halt Teil meiner Relativitätstheorie.«

»Wie meinst du das?«

»Na, Raum ist doch Zeit. Bewegt man sich im Raum, dann bewegt man sich auch in der Zeit. Bei dir zum Beispiel bin ich immer ein bißchen in den Dreißigern, so wie in einem Heinz-Rühmann-Film.«

»Hältst du mich für glücklich?«

»Ich weiß nicht. Bist du denn glücklich in deiner Welt? Oder möchtest du lieber im Heute leben? Und wo wäre das für dich?«

Eine Woche später bekam ich von Markus einen Brief. Er enthielt eine Abschrift aus seinem Tagebuch, sonst nichts.

*Spiel es noch einmal, Sam ... Zuerst zeichnet die Goldspitze des Füllhalters ein Gesicht. Länglich, eine nicht besonders hohe Stirn und braune Augen – braun mit winzigen Goldsprenkeln, wenn das Licht von der Seite fällt. Der Füllhalter zeichnet, was ganz am Anfang war. Das Gesicht während des Aufblickens in einer trunkenen Nacht, trunken anläßlich einer Fla-sche Doppelkorn. Aber unser Gespräch zog sich bis in den Morgen, was als Wert angesehen werden kann. Ein Gang eine blauglimmende Allee hinunter, ein Abschied an der Kreuzung – plötzlich eine flüchtige Umarmung und der Abglanz eines anderen Gesichtes: rauh, von Spuren gezeichnet. Sie als fremde Ge-schichte. Und: Sie als eine, die ich loslassen konnte, denn in dem Abglanz erwies man sich als bereits gebun-den. (So fest und lose, wie ein Abglanz eben bindet.)*

*Ich weiß um ihre Anwesenheit in der Stadt und die-jenige in einer Zeit, welche ihre Arbeit, wenn ich rich-tig gesehen habe, an jenem Morgen begonnen hat. Die Zeit macht ihre Arbeit wieder einmal ohne die Menschen (wenn auch, in diesem Fall, für mich). Eine Begegnung, ein Moment von setzender Bedeutung, alles andere bleibt die Arbeit der Zeit.*

*Eine zweite Begegnung, unwesentlich. Nur der Anlaß ist eine Bemerkung wert. Ein trotzdem gefeiertes Fest zu einer Entscheidung, die nicht gefallen ist. Sie hat eine Stelle bekommen, weiß aber nicht, ob nehmen, ob nicht, sie verharrt – und feiert. Ein Abend im Gleich-fluß. »Geräusch«, sagt sie, »meine Gäste machen Ge-räusch.« Also, keiner teilt sich keinem mit, und ich* verabschiede mich (alternativ: die Zeit verabschiedet mich). Denn was hinzukommen sollte, ist längst hinzugekommen: Eine Verabredung zum Abendessen, nur wir. Sonst aufschreibenswert ist einzig der Satz von ihm, dem Freund, dem jetzt schon Dritten (scherzhaft): »Da gehst du mir nicht hin!«

Ohne zu verstehen, was die Begegnung in Markus ausgelöst hatte, schrieb ich zurück.

Lieber Markus,

vielen Dank für Deinen Brief. Bestimmt bin ich alles andere als nett, es klingt blöde, aber warum schickst Du mir das? Wenn Du Rat möchtest, warum fragst Du nicht offen? Warum nicht jemand, der älter ist als ich es bin, als Du es bist? Das ist in solchen Fällen bestimmt besser. Als ich am Freitag bei Dir war, warum hast Du da nicht gefragt? Ich hab' nachgedacht und ich glaube, Du hast selbst kein gutes Gefühl bei der Sache. Und mehr wirst Du von mir auch nicht hören. Entschuldige, aber ich weiß gar nicht, was Du von mir möchtest.

Herzliche Grüße
Jakob

Der zweite Brief von Markus kam. Es war wieder eine Abschrift, und ihr Inhalt ärgerte mich. Ich konnte ja nicht einmal wissen, ob sich das alles zur selben Zeit abspielte oder längst passiert war. Was tat er? Diese Seite kannte ich nicht an ihm. Er war für mich immer eine Art Mönch gewesen, zölibatär zum einen, doch zum anderen verheiratet mit einem Interessengebiet, dessen Ursprung nördlich von Stockholm und weit vor dem Zweiten Weltkrieg lag.

*Sie hat sich schön gemacht und scheint es nicht zu wissen. Scheint – sie ist so befreiend konsequent. Erinnert mich an einen Typus, doch ich komme nicht darauf, an welchen. Schwer, dunkel, aromatisch, wie bestimmte Rotweine ...*

Das konnte ich auch. Ich nahm einen Notizzettel und schrieb: *Klingt, als wolltest Du eine Klamotte von Goethe neu zum Leben erwecken:* »*Gehe, verschmähe die Treue,/ die Reue kommt nach.*« *Du wirst also nicht nein sagen – und was kommt dann?* Lange überhaupt nichts. Endlich ein Brief, der zu erklären versuchte. Keine Abschrift.

*Lieber Jakob,*

*in mehrerer Hinsicht muß ich mich bei Dir entschuldigen. Du konntest weder meine letzten beiden Briefe verstehen, noch meine Frage an dem Abend, als Du das letzte Mal bei mir warst. Meine Entschuldigung besteht darin, daß ich Dir offen schreiben möchte, was war und was ist. Vielleicht verstehst Du mich dann – oder (was genauso sein kann) Du tust es überhaupt nicht.*

*Ich lebe zur Zeit eine Beziehung, die nicht der Norm entspricht, aber für mich ideal ist. Sie, Gabriele, hat nach wie vor ihren Freund, ich meine Bücher. Erinnere Dich vielleicht, wie Du und ich uns vor fast zwei Jahren auf dem Dies Academicus kennengelernt haben, und*

*wie Du damals auf mich reagiertest. Gespalten – es ist
der Reiz von jemand, der ganz anders lebt als Du, und es
ist doch immer ein Versuch, in sich selbst dieses Fremde
zu entdecken. Sei ehrlich: Hättest Du mir diesen Gedanken nun zugetraut oder bist Du – einmal mehr – irri-
tiert?*

*Du bist weit fortgeschritten für Dein Alter. Deine bei-
den Antworten haben mir das gezeigt. Gabriele und ich
sehen uns mehrmals in der Woche. Wir gehen in eine
Pension und schlafen miteinander. Dann gehen wir in
ein Café oder an die Rheinpromenade und setzen uns
auf eine Bank. Mit ihr habe ich den besten Sex, an den
ich mich erinnern kann, und seit langem überhaupt welchen. Gabriele ist unzufrieden mit ihrem Leben, sie
nimmt den Kontakt zu mir als eine Abwechslung, ein
kleines Abenteuer, um mit der Langeweile ihres Lebens
besser klarzukommen. Bisher ist meine Beziehung zu
einer Frau immer gescheitert, weil ich ab einem bestimmten Punkt ihren Wunsch nach Nähe nicht mehr
ertragen habe. Ich habe mich dann unter Druck gesetzt
gefühlt, ich bin von der Idee nicht losgekommen, daß sie
mich ›in Gedanken‹ besitzen wollte. Dieser Wunsch
macht meiner Meinung zwar ohnehin jede Beziehung
kaputt, aber bei einem wie mir wird das wohl früher
klar als bei anderen, das heißt, nicht erst nach zehn oder
zwanzig Jahren.*

*Wegen der Forschung, die mich völlig beansprucht,
kann ich meinen Kopf mit niemandem teilen. Gabriele
ist die erste, die das akzeptiert. Wir sprechen fast nie
miteinander. Wir haben Sex, essen Kuchen, wir trinken
Kaffee, wir gehen spazieren, und immer schweigen wir
uns an. Das ist alles. Doch damit bin ich so glücklich,
daß ich es kaum beschreiben kann.*

*Das ist es auch, was ich Dir schreiben möchte: Ich habe noch immer den Eindruck, daß Du es wissen wolltest an dem Freitag – nicht, ob ich mir wünsche, im Heute zu leben, sondern vor allem, ob ich glücklich bin. Ja, ich bin es. Du wirst vielleicht eine Zeitlang brauchen, es zu verstehen, aber ich bin sicher, daß Du es einmal wirst. Ich überlasse es Dir, ob oder wann Du zurückschreibst.*

*Viele Grüße*
*Markus*

*PS: Du kannst diesen Brief gern Deinen Eltern zeigen.*

Der Mann in der Telefonzelle, das war er. Sein Mantel war viel zu teuer, seine Haare waren viel zu kurz. Acht Jahre, er suchte eine Nummer. Den Hauptteil des Telefonbuches hatte er durch. Nun kamen die kleineren Ortschaften dran. Ich ging ein paar Schritte zurück, ohne ihn aus den Augen zu verlieren. Kein Treffer. Er schlug das Buch zu und kam aus der Zelle.

»Gabriele!« rief ich plötzlich, als würde ich gegenüber eine Bekannte entdecken. Sofort sah er in die Richtung. Dann auf mich. Er überlegte. Keine Erinnerung. Nochmals trafen sich unsere Blicke. Er kam auf mich zu.

»Ent... entschuldigen Sie, ich kenn' Sie zwar nicht, aber ... was haben Sie da gerade gerufen?«

»Gabriele«, sagte ich.

»Und, war sie's?«

Ich hob die Schultern.

»Zu komisch, ich such' nämlich eine Gabriele.«

»Kann passieren.«

»Wie heißt denn die Ihre mit Nachnamen?«

»Müller.«

»Achso ... na, ja da heißt meine anders.«

»Aber alle Gabrieles in Bonn sind doch inzwischen verheiratet und heißen nun Müller, Meier oder Schulze ...«

Er verstand den Witz auf seine Art und lachte.

»Nein, also meine, die hatte wirklich einen seltsamen Namen!«

»Wohnt sie denn hier?«

»Im Telefonbuch steht sie jedenfalls nicht. Nicht unter dem Namen.«

Ich nickte und tat plötzlich ernst. »Große Liebe, was? Zieht einen zurück ... manchmal das ganze Leben ...«

»Aber hallo ... ! Mann, Sie sind mir sympathisch! Sie haben echt Intuition!«

Jetzt lachte ich. »Halt! Lassen Sie mich mal raten, wie Sie heißen!«

»Ja, raten Sie! Wie heiß' ich?!«

Ich starrte in den Himmel, fixierte eine Wolke und sagte tonlos: »Markus«.

»Super! Wirklich astrein! So heiß' ich!« Er kramte ein Taschentuch hervor und wischte sich die Augen. »Aber warten Sie! Ein bißchen raten kann ich auch! Jetzt rate ich, wie Sie heißen!«

Auch er starrte in den Himmel, ahmte dabei meine Bewegung nach und sagte mit derselben Stimme: »Jakob«. Ich verstand es nicht.

»Das ... das ist unglaublich ...«, stotterte ich.

»Und, richtig? Ist doch richtig, oder? Kommen Sie, das muß begossen werden! Das passiert einem nur alle Jubeljahre!«

Schon waren wir auf dem Weg. Markus befand sich am Anfang seiner Uni-Karriere. Vor sechs Jahren hatte er eine vielbeachtete Dissertation im Altnordischen geschrieben. Anschließend war er nach Freiburg gewechselt. In einem kleinen, aber erlesenen Kreis waren seine Thesen gefragt. Mit Vortragsreisen verdiente er noch einmal so viel wie mit seiner Assistentenstelle. Hier in Bonn war er auf Tagung. Seine Habilitation war fertig geschrieben, er wartete auf seinen Ruf. Und der würde kommen. Wenn nicht in diesem Jahr, dann im nächsten.

Wir saßen im Bönnsch. Die vierten wurstkrummen Stängelchen standen vor uns. War der Mann echt, oder war er es nicht? Wenn er keinerlei Erinnerung an mich besaß, woher wußte er dann meinen Namen? Markus geriet ins Schwärmen.

»Süße Vergangenheit! Ein bißchen ausgenutzt habe ich sie ja schon, die Gabriele, aber stell dir mal vor, dreieinhalb Jahre eine Beziehung, die nur aus Sex besteht, allein aus grandiosem Sex! Wie sollte man dem nicht nachhängen, jedesmal, wenn man nur aus dem Zugfenster kuckt!«

»Und du hast keinerlei Kontakt?«

»Das ist es ja! Sie ist verschwunden! Einfach nicht mehr gekommen! Was glaubst du, wie ich gesucht habe!«

»Na, dann fand sie die Beziehung vielleicht gar nicht so toll.«

»Also bitte, ja? Gabriele, die hatte doch immer noch ihren Typen an der Seite, diesen Walter!«

»Also klassisches Dreieck. Dann hat der eben alles rausgefunden und sie ...«

»I wo! Das war ja der Kniff bei der Sache! Der wußte längst alles! ›Verbieten‹, hat der gesagt, das muß man sich mal vorstellen, ›verbieten kann ich es dir nicht.

Denn dann tust du es erst recht. Ich kenne dich, also *erlaube* ich es dir!‹ Ist das nicht klasse? So tolerant möcht' ich auch mal sein!«

»Vielleicht war das die einzige Art, sie zu halten.«

»Ja, aber um sie, um sie geht es mir doch! Nach dreieinhalb Jahren nicht mal 'n Abschiedswort, vom einen Mal auf das andere einfach nicht mehr da, null Kommentar ...! Ich versteh' das bis heute nicht!«

»Habt ihr denn miteinander gesprochen? Euch ausgetauscht über eure Gefühle und wie ihr mit der Sache klarkommen wollt?«

»Nö ...!« Verblüfft sah er mich an. »Also, wir hatten da bloß die Abmachung: Sex, keine Gefühle, sonst nichts. Was meinst du, war das vielleicht der Fehler?«

»Immerhin, dann liegt ein sang- und klangloses Ende doch in der Konsequenz ...«

Markus lachte. »Nicht schlecht! Wär' zumindest 'ne interessante These ...«

Er gefiel mir immer weniger. Saß da, dachte nach. Das war kein Stück der Markus, an den ich mich erinnerte. Wie verpaßte man dem hier eine Lehre? Ich winkte der Kellnerin zu, um zwei weitere Bier zu bestellen. Nachdem wir eine Zeitlang gesessen hatten, meinte ich:

»Gabriele ... als ich da gerufen habe neben der Zelle, habe ich gedacht, ich hätte meine Frau gesehen ...«

»Du bist verheiratet? Mit einer Gabriele? Sagenhaft! Und, wie ist das mit der Ehe? Glücklich?« Das Bier kam. Markus griff nach seinem Glas. Er prostete mir zu.

»Na, is' auch egal! Was mich betrifft, ich bleibe sowieso auf der Sex-Seite! Denn mein Kopf, der gehört nach wie vor der Uni. Trotzdem alles Gute, Jakob! Alles Gute dir und deiner Ehe!«

Wir stießen an. Markus wischte sich über den Mund, er kombinierte weiter. »Gabriele ... dann heißt du bestimmt Müller, Meier oder Schulze ...«

»Müller«, sagte ich.

Markus kicherte. »Macht nix! Ich heiß' Schuster! Ist auch nicht gerade besser ...«

»Und wie hieß deine Gabriele?«

»Willst du raten?«

»Nö, du hast ja auch nicht mehr geraten.«

»Na gut, der Name war auch wie gesagt seltsam. Kommt man nicht drauf, kann man aber gut drauf anstoßen. Sie hieß nämlich ... Trinkaus! Also, Jakob Müller, auf Gabriele Trinkaus! Auf Ex!«

Das war meine Chance. Das Bier, das ich im Mund hatte, spuckte ich auf den Tisch. Nach Luft japsend ging ich dann aus dem Stuhl. Mit einer verzweifelten Handbewegung wischte ich mein Glas von der Platte.

»Meine Frau!« keuchte ich.

»Mensch! Jakob, also ... was ist denn mit dir?«

»Ihr ... Mädchenname ... Trinkaus ...!«


War er echt? Ich fiel zurück in den Stuhl. Noch bevor ich den Kopf in den Händen vergrub, fing er an zu rechnen. »Du lügst«, meinte er nach wenigen Sekunden. »Deine Frau wäre dann ja ...« – mit gespielter Mühe richtete ich mich auf: »... fast zehn Jahre älter. Na und?« Markus beugte sich vor und senkte die Stimme.

»Jakob Müller, was für widrige Umstände mich dir auch in die Hände gespielt haben ... du kannst mir nichts. In Freiburg sitze ich fest im Sattel. Trotzdem will ich freie Bahn, und zwar überall. Deshalb werde ich jetzt zum Automaten gehen und dir zehn Hunderter ziehen. Zehn Hunderter, und für die hältst du die Klappe. Wenn nicht, wehe dir. Sind wir uns in diesem Punkt einig?«

Ich bejahte. Er stand auf, nahm seinen Mantel und ging. Neben mir begann die Kellnerin mit dem Aufwischen. Spätestens nach einer Viertelstunde war klar, daß er nicht zurückkommen würde. Vielleicht hatte er es sich anders überlegt. Vielleicht hatte er die ganze Zeit über gewußt, um wen es sich bei mir handelte. Vielleicht war es ihm ganz zuletzt endlich eingefallen.

Soviel jedenfalls zu Liebe, Karriere und jungen Menschen, bei denen man sein Gewissen deponiert.

# Bei aller Liebe

Myrthe hatte mich zum Tee eingeladen. Ihr Vater war Altphilologe, das Wohnzimmer war vollgestellt mit griechischen Klassikern, und manche Regalreihen teilten den Raum bis zur Hälfte. Regelmäßig war ich hier zu Besuch, denn Myrthe interessierte sehr, was ich dachte und wie sich meine Gedanken entwickelten. Wie die Bücher ihres Vaters, so war unser Verhältnis griechisch-philosophisch – nicht etwa chinesisch: daß Myrthe die Verbindung pflegte, um sie auszuweiten und später nach eigenen Vorstellungen umzugestalten.

Seit einer Woche war ich aus Rußland zurück. Olga, die als Russin seit drei Jahren in Deutschland lebte, hatte ich bei einem Spaziergang in St. Petersburg auf der Wassili-Insel getroffen. Am Abend war Fete, und auch Olga würde kommen.

»Was denkst du zur Zeit über Liebe?« fragte Myrthe.

»Nichts«, meinte ich. »In Rußland habe ich mir vorgenommen, das nächste halbe Jahr nicht an dieses Thema zu denken und auch nicht aktiv zu werden. Wenn es das große Glück für mich gibt, dann ist es ab sofort seine Aufgabe, mich zu finden.« – Ich lachte. – »Im Zeitalter der allgemeinen Emanzipation muß es doch möglich sein, daß meine Traumfrau den ersten Schritt unternimmt! Also möchte ich wissen, wie das aussieht. Nimm dich, würdest du bei deinem großen Glück nicht den ersten Schritt tun?«

»Wenn es *der Mann* wäre, klar, dann würde ich. Da setzt du alles aufs Spiel. Nur meistens ist es der ja nicht. Meistens ist es jemand, der ein Stückweit in diese Richtung weist.«

»Aber *wenn* er es wäre, was würdest du dann genau machen?«

»Ich glaube, Frauen denken komplizierter, selbst in diesem Fall. Ich würde denken: Wie mache ich, daß er will, ohne daß er merkt, daß ich will?«

»Und wenn er dir das in genau dem Moment sagt?«

»Dann würde ich abstreiten, denn sonst hätte er es ja gemerkt.«

»Ist mir zu theoretisch.«

Myrthes Augen blitzten. Gewöhnlich war dieser Satz nämlich ihr Blocker gegen eine zu gewollte Erklärung von mir.

»Würdest du ihm sagen, was du fühlst?« fragte ich. »Würdest du ihm Blumen schenken, ihn zum Essen einladen, ihm sagen, daß du ihn wiedertreffen möchtest ...?«

»Wie einfallslos direkt! Ich würde ihm höchstens anspielungsweise Geschenke machen. Zum Beispiel Dinge zu Dingen, die er schon hat und von denen ich weiß, daß er sie gerne mag. Ich würde ihm vielleicht von meinem Tag erzählen, von etwas, das mich beschäftigt. Ich würde ihn zum Tee einladen, regelmäßig ...«

»... oh! Da hast du dir im Moment einen harten Brocken ausgesucht! Bei aller sonstigen Ignoranz erklärt er dir zudem, daß er in der nächsten Zeit nichts unternehmen wird ...«

Jetzt lachte Myrthe. »Natürlich ist es nicht so, wie du denkst ...«

»Du streitest ab ... – nun gut, zumindest deinen eigenen Regeln bleibst du treu.«

»Sei ehrlich! Wüßtest du in diesem Moment, woran du bei mir bist?«

»Gegenfrage – warum sollen nicht auch Männer einmal indirekt sein –: Wenn ich es nicht wüßte, wann würde ich es dann erfahren?«

»Nie.«

»Nie?«

»Naja, vielleicht Jahre später einmal, in einer hoffnungslosen Situation. Du wärst verheiratet, ich würde dich wiedertreffen. Ich hätte womöglich den Eindruck, deine Ehe sei unglücklich. Ich selbst wär' zu dieser Zeit allein und würde anfangen, mich mit dir zu treffen. Da würde ich vielleicht einmal sagen: Weißt du noch, damals, ich hab echt mit mir gerungen, ob du nicht mein Traummann bist ...«

»Klingt wie Lebensversicherung. Wenn es sowieso nicht geht, dann kostet es auch nichts, das zu sagen.«

»Aber so ist es wohl. Wir sind zwar beide erst Mitte zwanzig, aber trotzdem sagen wir: Abstürzen will ich nicht. Es steht zuviel auf dem Spiel. Bei aller Liebe.«

Wir gingen zum Rheinufer. Es war klar, ein Abend am Anfang des Herbstes. In den Linien des Flusses war der Himmelsstoff auf die Erde gezeichnet. Wie ein Drachenschwanz schlängelte er sich vor uns her, auf die Sonne zu. Myrthe und ich sprachen über Freiheit. Beide glaubten wir noch, es könne ein Rezept geben, sie sich dauerhaft zu erhalten. Torschlußpanik – die zum Beispiel mußte man austricksen. Wie wäre es, in dieser Hinsicht einen Vertrag zu schließen: Wenn bis fünfunddreißig weder sie noch ich einen Partner gefunden hätten, dann würden eben wir heiraten, rein pro forma. »Damit Ruhe im Bau ist«, sagten wir einstimmig.

Mit Myrthe war alles klar, alles einfach. Warum funktionierte das in der Liebe nicht? Wenn ich zu Myrthe in diesem Moment gesagt hätte: »Ich bin mal für 'n paar Lichtjahre nach Alpha Centauri«, dann hätte sie gesagt: »Mach's gut, und viel Spaß da.« Keine Fragen, keine seltsamen Blicke. Wie selbstverständlich wären Myrthes Witz und Optimismus mit auf die Reise gekommen. Doch Liebe, nein, die ging so nicht.

»Kein Wunder, daß bei den Griechen die Freundschaft höher eingeschätzt wurde«, meinte Myrthe.

»Heißt, aus Sicht der Griechen habe ich für das nächste halbe Jahr den richtigen Vorsatz gefaßt?«

Myrthe dachte nach, doch sie antwortete nicht.

Von den Gästen kam Olga als erste. Dicht gefolgt wurde sie von ihrem Privatmond Miriam, die je nach Phase ein volles, ein halbes oder gar kein Gesicht zeigte. Die Tage des Kalenderblatts schienen gezählt, denn Miriam hielt sich heute ganz im Schatten ihres Hauptsterns auf.

Olga war in Petersburg gewesen, um über *Ewgeni Onegin*, den berühmten Versroman Alexander Puškins zu forschen. Statt Strömen Sektes wie im Buch gab es jetzt zwar bloß Weißwein, statt Straßburgs Pasteten profane Salzletten, doch dafür erzählte Olga mit ganz eigenem Feuer ihre Deutung der Liebesbriefe von Onegin und Tatjana. Das erste Mal hatte Tatjana Onegin geschrieben, da hatte er nicht gewollt. Das zweite Mal Onegin Tatjana, da hatte sie nicht gewollt. Stabil war bei den beiden bloß die Unmöglichkeit. Und dafür – folgerichtiges Paradox – bildeten die Briefe die tragfähigen Säulen. Emporgehoben in den Himmel des Romans wurde, was nicht ging. Und das zu tun, war für Olga das Geniale und Neuartige an Puškins Werk.

An der Petersburger Universität war sie von einer Frau Smirnow zum Archiv des Dichters begleitet worden. Hinunter in den Keller, wo der Schimmel an den Wänden klebte. Nackte Glühbirnen beleuchteten dürftig einen Gang. Zuletzt eine Stahltür, an der Frau Smirnow mit aller Kraft zog. Olga half ihr, und nach vereinter Anstrengung drehte die Archivleiterin einen Schalter. Der Raum war leer.

»Bitte, da können Sie jetzt forschen! Ist ausgelagert. Kein Mensch weiß, wohin.«

Olga verstand die Welt nicht mehr. »Ja, warum haben Sie mir das denn nicht oben gesagt? Warum nicht geschrieben, als ich noch in Deutschland war? Da bin ich den weiten Weg doch völlig umsonst gekommen!«

»Mal langsam! Ihr jungen Leute, wenn ich euch was schreib, das glaubt sowieso niemand von euch. Wenn ich was sag', ist es auch völlig Wurscht. Aber Mädchen, wenn du jetzt ein bißchen erschrickst und anständig heulst, denn du bist ja klug, dann machst du im reichen Deutschland vielleicht mal einen Artikel für eine Zeitung oder ein schönes Journal, wie's uns in Pieterburg hier geht mit dem Puškin.«

»Aber ich möchte doch zu Puškin forschen und keine Polemiken über verschwundene Archive schreiben!«

»Kann ich nicht zaubern! Den Titelkatalog haben wir noch; da mußt du die Sekundärliteratur halt neu erfinden und kannst es dann romantische Wissenschaft nennen wie der Jean Paul! Oder du schreibst den Ewgeni Onegin neu fürs zwanzigste Jahrhundert, wie ich Kriminalroman-Schund zur Dekadenz nach dieser Perestrojka. Womit ich übrigens fünfmal verdien', als was das Wrack Staat mir bezahlt!«

Romantik auf Schritt und Tritt. Das zu erforschen, was nicht ging, ging genausowenig. Und genau dies, meinte Olga, die potenzierte Unmöglichkeit, sei für sie auch

Rußland. Nur jedesmal, wenn sie davon erzähle, werde sie depressiv. Mit Kopfweh verdrückte sie sich bald darauf in eine Ecke.

Das Kalenderblatt wurde abgerissen. Schüchtern wagte sich Miriam, Olgas Mond, hervor.

Gegen zehn Uhr tanzten wir miteinander. Es paßte auf Anhieb. Unsere Körper schmiegten sich aneinander, als wären sie gemeinsam entstanden und nur unfreiwillig, wenn auch vor langem, voneinander getrennt worden. Nun erinnerten sie sich an die frühere Einheit. Schon zur Hälfte des Tanzes löste sich mein Vorsatz in Luft auf.

Dann saßen wir draußen auf der Terrasse.

»Da reisen die Eltern in den Süden und lassen Myrthe für zwei Wochen alles hier«, begann Miriam leise. »Das Haus, den Garten mit den schönen Pflanzen, die Terrasse mit der wundervollen Aussicht auf den Fluß. Kannst du sowas genießen?«

»Sicher, siehst du das nicht?«

»Aber ein bißchen bist auch du ein Onegin. Du wirkst jedenfalls so. Etwas gleichgültig und nie ganz da. Kannst du sagen, woran es liegt?«

»Findest du tatsächlich, daß ich so jemand bin?«

»Oder du bist ein König, dessen Reich untergegangen ist. Ich habe gerade ein Märchen gelesen von Hermann Hesse, in dem kommt so ein König vor. Eines Tages, als er beim Volk ist, sieht er eine Marktfrau. Beide mögen sich. Das geht weiter; als der König wieder auf dem Schloß ist, läßt er nach der Marktfrau schicken. Doch die kommt nicht aufs Schloß. Also geht der König noch einmal unters Volk, und als er auf die Marktfrau trifft, sagt die: ›Ich weiß, daß du gern was mit mir hättest, und ich hätte gern auch was mit dir. Eine Nacht, das läßt sich wohl einrichten.‹ Also verbringen sie die Nacht. Am nächsten Morgen sagt die Marktfrau: ›So, und jetzt bist du wieder König, und ich bin wieder Marktfrau. Vergessen wir es.‹ – Könntest du damit leben?«

»Schon. Nur, warum sagt das die Marktfrau und nicht der König? Der steht doch für das Gesetz.«

»So geht aber nicht das Märchen.«

»Was ist mit dir? Könntest du damit leben?«

»Ja, denn dann ist es weg. Nur, wenn ich es nicht mach', läuft es mir nach.«

Ich stand auf, um Getränke zu holen. Als ich zurückkehrte, saß Miriam unverändert.

»Ich habe einen Freund, den ich sehr liebe. Vor drei Jahren bin ich aus dem Osten gekommen. Das, was ich erzählt habe, war da unsere Freiheit. Wie meine Jeansjacke. Die ist das Zeichen für meine Freiheit. Die Jacke habe ich noch. Also werden wir es tun.«

Beide schauten wir auf den Fluß. Im Haus wurde es still. Myrthe kam auf die Terrasse: »Miriam und Jakob, ihr könnt das Wohnzimmer haben. Seid aber leise ...«

Ein paar Wochen später stand sie vor mir in der Türe. Augenblicklich schob sich ein Bild über das andere. Ich sah ihre Schultern wieder, ihren Nacken, ihre Brust – ganz in dem Licht, als wir gelegen und dann miteinander geschlafen hatten.

»Ich sollte deine Adresse nicht haben«, sagte Miriam. »Ich hab' sie aber von Myrthe. Kann ich reinkommen?«

Freunde sollten wir werden, einfach so, meinte sie, während wir bei einer Tasse Kaffee saßen.

Wir sollten alles besprechen und es dann gut sein lassen, meinte ich. Sonst liefe es mir nämlich nach.

Miriam hatte inzwischen den Hauptstern gewechselt. Der neue war Myrthe: »Nachmittags der Fluß vor ihrem Haus, die weißen Steine bei Niedrigwasser«, sagte Miriam, »... das erinnert mich an die Ostsee, wo ich herkomme.«

Ich zog erste Schlüsse. Das untergegangene Königreich war nicht meines, sondern ihres. Da war ein Strudel, der alles in sich hineinzog. Und ich sollte Figur sein in einem Spiel, das ich nicht kannte und das bloß ihres war.

»Freundschaft war keine ausgemacht«, sagte ich.

»Schade«, sagte Miriam.

Sie stand auf, ließ ihren Kaffee stehen.

Myrthe und ich gingen unseren Weg. Inzwischen war es November. Unter dem Siegel der Verschwiegenheit erzählte mir Myrthe, daß Miriam selbst das Kind einer einzigen Nacht war. Ihr Vater sei ein russischer General gewesen, der sich bei der Mutter nie mehr hatte blicken lassen. Das wiederholte Miriam jetzt, meinte Myrthe.

»Bis sie sich damit auseinandersetzt, sich's bewußt macht und dann abgewöhnt«, meinte ich.

»Aber dann ist wahrscheinlich auch ihr Zauber futsch.«

»Das heißt, du glaubst also, diese Nacht mit ihr war bereits Teil des fremden Spieles?«

»Aber natürlich, Jakob, nur davon red' ich die ganze Zeit! Diese Nacht war sogar der Hauptteil!«

»Und Liebe, unmittelbar?«

»Gibt es wohl nur, wenn man sich von seiner Vergangenheit gelöst hat. Oder sie von selber hinter einem zurückgeblieben ist. Das habe ich oft in den letzten Wochen gedacht: So gesehen ist doch ein leeres

Archiv wie das in Petersburg ein seltener Glücksfall. Schon der Originaltext der Liebe ist ja schwierig – und geht meistens nicht auf. Aber was erst, wenn man sich dann noch durch zahllose Erläuterungen, Erklärungen und Hinweise wühlen muß, die andere dazu geschrieben haben ...«

»Wie trostlos! Denn bei uns ist doch aufheben noch viel leichter und einfacher als in Rußland! Täglich wird es sogar noch einfacher, leichter und – sicherer.«

»Ja, und wenn das stimmt, dann ist bei uns die Kunst vielleicht das Vergessen, nicht das Behalten? Was denkst denn du? Nur durchs Vergessen könnten dann doch für Angsthasen wie uns, die nichts riskieren wollen, die Abgründe wieder flach werden. So flach, daß eines Tages auch wir wieder springen, ohne uns ein Netz zu wünschen.«